Heinrich B. Siedentopf

DAS MÄDCHEN AUS ERESOS

Die Deutsche Nationalbibliothek verzeichnet diese Publikation in der Deutschen Nationalbibliografie; detaillierte bibliografische Daten sind im Internet über dnb.d-nb.de abrufbar.

Titelbild:	Gustav Klimt, Titel „Sapho", Entstehungszeit 1888–1890, Historisches Museum der Stadt Wien
Layout und Satz:	www.estcreativity.de
Herstellung und Verlag:	Books on Demand GmbH, Norderstedt
Herausgeber:	Adrian Siedentopf Telefon: 08801 95068, E-Mail: adrian@estcreativity.de Bahnhofstraße 29, 82402 Seeshaupt

2010 © Heinrich B. Siedentopf

ISBN: 978-3-8391-6787-8

Heinrich B. Siedentopf

DAS MÄDCHEN AUS ERESOS

Erzählung

VORSPIEL IN DER HÖHE

Seitab auf ragendem Felsen, wolkenumschwebt, saßen drei alte göttliche Frauen: Lachesis, Klotho und Atropos, die Moiren, die Schicksalsgeschwister. Nackt saßen sie auf dem steinernen Grund. Grau schimmerten ihre fülligen Leiber und das Haupthaar, das sie ungeordnet umhing. Lachesis in der Mitte hielt wie ein Zepter die Kunkel empor. Zu ihrer Rechten saß Klotho mit elfenbeinerner Spindel. Atropos aber, die Dritte, schnappte verspielt mit der zumessenden Schere.

Eine mächtige Standuhr erhob sich hinter den Schicksalsgeschwistern. Mahnend tickte das Werk, bis es zu schnurren begann und ein Gongschlag ertönte. Als er verklungen, riefen zusammen die Drei:

„Wir spinnen den Lauf und die Frist ihres Lebens den Sterblichen zu."

Wieder schnurrte das Uhrwerk und ein Gongschlag ertönte.

Als er verklungen, erhob sich Lachesis mit der Kunkel und sprach:

„Lasst uns den Lebensfaden einer Dichterin spinnen! Sappho sei sie benannt. Durch die Gaben der Musen mag sie erglänzen und in Jahrtausenden noch soll man sich ihres Namens erinnern! Ihr Leben indessen wird nicht so glänzend verlaufen wie ihre schönen Gedanken. Mühsal und Missgunst fügen den Musengaben sich bei. Auch soll die Götterbegabte klein immer sein an Wuchs und fremdartig dunkel, und von der Liebe, die sie später so kunstvoll besingt, bleib' ihr sehr oft nur das Leid. Immer gerecht sorgen dafür wir, dass das Glück und die Werke der Menschen in den Himmel nicht wachsen. Du Schreiber dort unten, ja Du, merk auf, und nehme von unsren Gespinsten, so viel und was immer du willst. Betrachte vor allem den Anfang des Fadens, die traumverlorene und doch so prägende Zeit jedes Lebens. Mögen die Musen dir nah sein. Wir sind keine Musen!" Lachesis drängte sich wieder zwischen die Schwestern, und die Spinnarbeiten begannen.

IHR ERSTER AUFTRITT

„Viel Unglück senden die Götter uns zu."

„Keinen verschonen sie vor dem Übel."

„Und vor dem Gang hinab in die grausige Wohnung des Hades."

„Wo nie mehr die Sonne erstrahlt."

„Warum so viel Leid?"

„Wär's anders, gäbe es keinen ergreifenden Stoff für die Werke der Sänger, durch die wir fortleben im Gedächtnis der Menschheit."

Nach diesen Worten wurde es still im festlich beleuchteten Saal.

„Hermes geht durch den Raum", dachten die Zecher.

Reglos hielt sich der Mundschenk bereit, ein Knabe aus edlem Haus. In der vorgeschriebenen heiligen Nacktheit versah er sein Amt. Mit einem Ausdruck verhaltener Trauer heftete die Hetäre Syko ihren Blick auf sein Geschlecht, das noch so klein war und fest.

Die Schulter hoch an die Kissenrolle gelehnt, ruhte auf seiner Kline der edeltreffliche Hausherr Skamandronymos, von seinen Gästen zum Symposiarchen gewählt, zum Führer der Reden und Ordner der Spiele beim Wein. Den Wohlbeleibten umhüllte ein weißer, mit apfelgrünen Sternen bestickter Chiton. Kühlender Eppich umrankte die silbernen Schläfen. Das rechte Auge hatte er eingebüßt beim Aufbringen eines phönikischen Seglers. Lang' war es her. Seitdem verschloss eine goldene Scheibe die verödete Höhle. Skamandronymos hob seine Rechte. Mit einem Wort über die Dummheit, die er für eines der größten Übel hielt, wollte er das Gespräch fortsetzen.

Indessen? – Geräusche von Schritten, ungleichmäßig tappenden Schrittchen, drangen von draußen herein. Lailaps, der Jagdhund des Hausherrn, kroch unter der Kline hervor. Er ließ dünne Pfeiftöne vernehmen und schnüffelte zur weit geöffneten Tür. Alle blickten dorthin. Durchschnitten vom Schaft einer Säule gleißte der Vorhof im silbernen Mondlicht.

Skamandronymos stellte der Ausblick sich flächig,

unräumlich dar, nahm die Erscheinungen er doch mit einem Auge nur wahr.

Was regte sich da im Lichte des Mondes? – Wer konnte wagen, zu stören? – Seht nur! – Ein kleines Mädchen schritt über die Schwelle und tappte herein. In der Mitte des Saales, neben dem heiligen Herd, dem jetzt, zur Stunde des Weins, sühnender Weihrauch entstieg, blieb es stehen.

Skamandronymos zog die Brauen zusammen. Die Hand mit dem Trinkhorn erbebte. Doch er bezwang sich.

Da stand die Kleine in einem wunderlich langen Gewand, fremdartig dunkel, mit schwärzlichem Kraushaar. Die nachtfarbenen Augen hatte sie weit aufgetan und die dicken, feucht glänzenden Lippen wie zum Kuss vorgestülpt. Ihr Blick schweifte über die Kuchen auf den dreibeinigen Tischen vor jeder Kline, über die Mastixwürfel aus Chios, Granatäpfel, Feigen und Nüsse. Unvermittelt richtete sie das Gesicht zur rauchgeschwärzten Balkendecke empor, streckte die Hand aus, schluckte und stieß das Wort ‚Psapf' hervor. ‚Psapf' stieß sie speichelsprühend hervor, und Tränen rannen die Wangen herab vor Ergriffenheit über die Botschaft, die sie gebracht. Es war die Botschaft eines Namens, ihres Namens, der Psappho, besser noch Sappho hieß.

Lailaps schüttelte sich, brummte befriedigt und kroch wieder unter die Kline.

Skamandronymos senkte betroffen das Haupt.

Das Mädchen war seine Tochter, sein erstes und einziges Kind, seine kleine Enttäuschung. Denn war's nicht enttäuschend gewesen, daß Kleis, die junge Gemahlin, als ersten Spross nur ein Mädchen geboren? – Er gedachte der Stunde, da er im Kreis der Verwandten und Freunde die Kleine vom Boden genommen, um sie als seine Tochter anzuerkennen. Schon wollte er ihren Namen verkünden, als das Hoftor sich auftat und ein kalter Luftzug das Altarfeuer aufflammen ließ. Drei fremde Damen traten herein mit langen Nasen und rotblondem Haar, in die Stirne gekämmt. Füllige Lockenzapfen fielen über die Schultern. Die drei trugen weiße, eng anliegende Gewänder. Zwischen den Fingerspitzen hielt vor dem Busen jede ein Zweiglein mit Rosen. Stumm reihten sie sich in den Kreis der Verwandten und Freunde. Als der Name genannt und das Opfer gebracht war, traten sie vor, hauchten der Neugeborenen einen Kuss auf die Stirn und legten die Rosen auf den gewickelten Leib. Die Damen wurden zum Festmahl geladen, aber sie dankten: „Ein wenig Rauch vom Opferfeuer genügt uns!" Lächelnd winkten zum Gruß sie und schritten hinaus. Großmutter Ada schlich ihnen nach. Bestürzt nahm sie wahr, dass die Erscheinung der Drei beim Entschreiten immer mehr wuchs, bis sie verschwand. „Das war Götterbesuch!" frohlockte Ada und hob die Hände zum Beten. –

Sie war nicht schön, die kleine Enttäuschung. Für reizende Frauenkünste wohl wenig begabt. Aber vielleicht hatten die Göttlichen gerade deswegen die Huld ihr geschenkt. Der Vater entsann sich des alten Gastfreunds Terpandros, des weit berühmten Meisters im Saitenspiel.

Der hatte ihm einst, die dicken kurzfingrigen Hände vorweisend, erklärt, dass er nur deshalb so meisterlich spiele, weil er im Grunde ungeeignet dafür sei, ja, dass all seine Kunst nur einen Kampf gegen die Ungeeignetheit darstelle, einen Kampf, der mit göttlicher Hilfe allein zu gewinnen. Diese wurde bislang ihm niemals versagt, denn die Götter liebten wohl die im Grund Ungeeigneten.

Frohes Gelächter entriss den Vater seinen Gedanken. Der Schweigebann war gebrochen, die kleine Enttäuschung verschwunden. Von Gast zu Gast eilte der Mundschenk.

„Was nun?" fragte der Symposiarch, ohne weiterhin an die Dummheit zu denken oder die kleine Enttäuschung. Und er antwortete selbst: „Die rechte Zeit ist es zum Komos! – Drum, liebe Syko, spiel uns zum Tanz auf!"

Willig entglitt die Hetäre dem Arm ihres Zechers. Sie zog aus der Hülle den doppelrohrigen Aulos, fügte die Teile zusammen, zwängte die beiden zuvor hastig beleckten Mundstücke zwischen die Lippen, bog sich zurück und hob an zu blasen. Wie die Backen sich blähten! – Gepresstes Fauchen ertönte, bis es schnarrend zu schwingen und grell zu singen begann. Da verließen sie alle die Klinen und tanzten im Reigen rund um den Herd zu den aufpeitschenden Klängen phrygischer Tonart.

Als die Hetäre innehielt mit dem Spiel, erbaten zwei Zecher recht dringlich die Schüssel, in die hinein sie sich zielsicher erbrachen.

„Hinaus in die Sommernacht!"

Syko warf die Gewänder von sich. Zurückgebogenen Hauptes den Aulos weiterspielend tanzte sie aus dem Saal. Skamandronymos, vom bellenden Lailaps umsprungen, folgte ihr auf dem Fuße. Der Anblick der weißen, etwas unebenen Hinterbacken, die da vor ihm her bebten, erregte ihn mächtig. Mit einem Auge konnte er sie nicht räumlich erfassen. Aber er hatte noch immer zwei Hände! – Stampfend und springend schlossen die Freunde sich an. „Badet mit Wein eure Lungen!" rief ein Unersättlicher und walzte, mit einem Arm eine halb gefüllte Amphora, mit dem anderen den Schenkknaben umschlingend, zuletzt aus dem Saal, aus dem Hof und den engen Gässchen von Eresos, hinaus in die monddurchglänzte, ambrosische Sommernacht, die dich liebkoste, meerumflossenes Lesbos, Heimat der Dichter.

EIN MERKWÜRDIGES WESEN

Fein wie Golddraht drang die Morgensonne durch die Ritzen der Tür.

Sappho erwachte und lauschte. Stimmen waren zu hören und das Klingen des Glöckchens am Hals Schnappschnabels, des wachsamen Kranichs.

„Nanno ist längst an der Arbeit", war ihr erster Gedanke. Die junge Amme aus Thrakien pflegte mit ihr zusammen zu schlafen im knorrigen Bett, gezimmert von Bubu, dem nubischen Sklaven.

Der neue Morgen erfüllte mit Glück sie, zumal sie jetzt doch das lang schon Ersehnte besaß. Sie griff unter das Bett und da wars: Eine Leier, so groß wie das Blatt einer Platane, bespannt mit vier silbernen Saiten. Die zupfte sie an und sang mit leiser Stimme dazu:

„Ich lieg' im Bett und bin erwacht. Hab' eine feine kleine Leier, spiel' kleine feine Leier. Ich lieg' im Bett, bin froh erwacht."

Das Stimmengewirr und der Glöckchenklang draußen näherten sich.

„Zweifellos!" hörte die Mutter sie sagen, und die Großmutter fragte in lydischer Mundart wie bei jeder Erregung: „Was mochte sie sich dabei nur gedacht haben?" 'Nuhl' sagte sie und nicht 'nur'.

Aufgerissen wurde die Tür. Die Sängerin schreckte empor und schloss geblendet die Augen.

„Habe ich es nicht gesagt!?" rief die Mutter, und die Großmutter fügte hinzu: „Kindchen, was hast du getan!" Sappho blinzelte ängstlich und sah, dass die Mutter, zum Tempelgang festlich bekleidet, den kleinen hölzernen Mann hielt, mit den starr blickenden Augen. Wie oft hatte sie diesen heimlich gemustert, beim Walnussbaum auf dem Pfeiler; die Leier zumal, die er hielt. „Sie soll selbst etwas sein!" hat sie sich schließlich gesagt und die Leier aus dem übergeordneten Ganzen gebrochen. Wie ein Bettler hielt jetzt die leeren Hände das Männchen.

„Steh auf, wenn man redet mit dir, und das da gib sofort her!"

Zögernd verließ die Beschimpfte das Bett und reichte der Mutter die Leier.

„Warum musstest so etwas tun?"

„Ich, ich hab' sie genommen, weil sie kein Teil sein sollte von ihm, sondern etwas für sich, etwas Eignes." Speichel netzte die fülligen Lippen.

„Nunuh!" brummte im Hintergrund Bubu. Er hielt den Sonnenschirm, Mutter und Großmutter zu beschatten beim bevorstehenden Gang zum Tempel der Aphrodite. „Du hast dich an einem heiligen Bildnis des Gottes Apollon vergriffen. Wer weiß, ob den Frevel der strenge Gott dir verzeiht und ob Bubu den Schaden wieder gutmachen kann. Du bleibst in der Kammer, bis wir vom Tempel zurück sind!"

Die Großmutter hob warnend den Finger: „Gäh in dir, mein Kind!"

Geräuschvoll wurde die Türe geschlossen.

„Ein merkwürdiges Wesen", schwatzten die Mägde beim Spinnen.

„Komme am Abend ich gestern doch mit der Lampe und will mich legen zu ihr", berichtete Nanno. „Schließe die Tür und stell auf den Schemel die Lampe. Setz mich aufs Bett und löse mein Haar. Denke, sie schläft längst und will löschen das Licht. Da fällt sie mir in den Arm und blickt in die flackernde Flamme. Mit einem Mal sagt sie: 'Sie übt sich', sagt sie. 'Die Flamme, sie übt sich."

„Sie übt sich", wiederholten die Zuhörerinnen.

Kalline, die alte Schaffnerin, krächzte: „Neulich, als sie

vom Land den erjagten Eber gebracht, betrachtete sie seine Wunden.

'Wie Augen!' hat sie gesagt. ,Ich glaube, sie gucken sogar.'

„Wunden wie Augen!"

„Ich weiß nicht!"

Die Spindeln schnurrten, und die Spinnerinnen senkten bedenklich den Kopf.

Ein Rosenstock blühte neben der Türe zur Spinnstube. Sappho hatte die Pflanze nie richtig bemerkt. Doch eines Tages jubelte sie: „Rosen! – Da blühen ja herrliche Rosen!" Sie äußerte ihre Freude so überschwänglich, dass in der Spinnstube die Mägde aufhorchten.

„Ein Rosenstock steht da auf einmal!"

Dotis, aus der Spinnstube tretend: „Der steht doch immer schon da!"

Photis, neben Dotis hervorschauend: „Guck ihn genau dir nur an!"

Vorsichtig griff sie zwischen die Blätter, küsste die rosigen Blüten, die im Kern safrangelb strahlten.

„Wie süß das duftet! – Süß und ein klein wenig sauer zugleich. O!" – Ein Dorn hatte gestochen: „So schön sind die Rosen und tun so weh."

Dotis und Photis seufzten und wandten sich wieder der Spinnstube zu.

Die Großmutter kam: „Ja", sagte sie, „das Schöne ist nie ganz schön. Der Rosenstock aber soll dir jetzt gehören!" Sie hatte die Pflanze einst zur Erinnerung aus ihrer lydischen Heimat nach Lesbos gebracht.

„Was ihr gehört, das muss ihr gehören allein", schwatzten die Mägde beim Spinnen.

„Eigensinnig ist sie."

Die Spindeln schnurrten, und die Spinnerinnen senkten bedenklich den Kopf.

Die beiden waren so groß wie der hölzerne Mann. Schwarzes Haar hatte die eine, blondes die andre. Die Augen der Schwarzen schimmerten goldbraun, die der Blonden zyanblau. Zu lockendem Lächeln waren die Lippen geschürzt. Ein Beutel gehörte dazu, gefüllt mit allerlei köstlichen Dingen, wie junge Mädchen aus edelem Hause sie brauchten.

Nanno, die wachsam dabeistand, sagte: „Jetzt geben wir ihnen wohlklingende Namen. Spielen Namensfest wir!"

Sappho wiegte die Schönen im Arm und wandelte mit ihnen im Kreise. Ein Blättchen vom Walnussbaum opferte Nanno und stimmte ein Lied an. Danach bekam die Schwarze mit den goldbraunen Augen den Namen Philinna, und die Blonde mit den zyanblauen Augen wurde Melissa benannt. Dieselben Namen trugen die beiden immer so artigen Töchter des Nachbarn Philomeleides, die Armen, die keine Mutter mehr hatten.

„Du spielst nun mit ihnen allein! – Doch vorsichtig sei! – Sie sind kostbar!"

Die Amme ging in die Spinnstube zurück, und Sappho setzte die Schönen zurecht.

„Ich bin die Meisterin", sprach sie, „und meine Schülerinnen seid ihr."

Bedächtig schritt sie zum Rosenstock. Die Hände voll Blüten kam sie zurück.

„Rosen sind das", begann sie zu lehren. „Süß duften sie. Was aber geschieht, wenn ihr sie unachtsam anfasst? – Sie stechen. Das Schöne, merkt euch, ist niemals ganz schön!"

Kränze versuchte die Meisterin aus den Rosenblüten zu flechten. Doch es gelang nicht. Da streute die Blütenblätter als duftenden Regen sie über die Schönen.

Was nun? – Die Meisterin überlegte, nahm eine der Puppen und betastete sie. Es war Philinna, die Schwarze mit den goldbraunen Augen. Sie küsste den lächelnden Mund. Am Ende begann sie, die Schülerin zu entkleiden. – Was für ein ungestalteter Körper! – Flach wie ein Fladen und hart wie ein Stein. Mit hässlichen Stiften die Glieder befestigt! – Melissa sah ohne Gewänder nicht besser aus.

Der Rosenstock aber? – Dort stand er, einsam und kahl. Und hier, zwischen den welkenden Blüten, lagen die hässlichen Nackten. Sie lächelten immer noch lockend.

„Sie sollen weg sein! – Weg sollen sie sein!"

Hastig packte sie ihre Schülerinnen und ihre Sachen. Trug zum Verscharren alles in den Winkel der Mauer.

„Dass sie dann wieder so grausam sein kann", schwatzten die Mägde beim Spinnen.

„Ich konnte die Puppen gerade noch retten."

„Echt lydische Stücke aus Sardes!"

„Die Großmutter hat sie inzwischen den Töchtern des

Nachbarn geschenkt, die keine Mutter mehr haben."

„Sind gar so arme, artige Kinder!"

„Ein Mädchen, das seine Puppen nicht lieb hat, wird später auch seine Kinder nicht lieben."

Die Spindeln schnurrten, und die Spinnerinnen senkten bedenklich den Kopf.

Stille, sonnendurchglühte Stunde des Pan. – Süß schlummerten alle im Haus. Nur Sappho war wach und schlich aus der Kammer. Gleich vor der Tür fand sie ein Körbchen voll blank geriebener Äpfel. Sie sog ihren Duft ein.

„Dein sind sie, dein", schienen die Zikaden ringsum zu singen.

„Nein, nein, ich weiß, wem sie gehören."

Schnappschnabels Glöckchen erklang.

„Du kommst ein andres Mal dran!"

Das Körbchen wie eine Opfergabe tragend, machte sie sich auf den Weg zum Vorhof. Die Pforte dorthin stand offen. Auf der Schwelle verweilend, blickte sie andachtsvoll zum Altar in der Mitte des Platzes. Seitab im Hintergrund grünte ein Feigenbusch, und neben ihm lehnte noch immer 'das Ding', ein verbogenes rostiges Damenfahrrad. Niemand erriet seinen Zweck. Gefunden hatten Ops es und Bolos, die Sklaven, in einem Bachbett. Aus längst vergangenen Zeiten musste es stammen.

„Willkommen, Tochter des Skamandronymos", grüßte sie jemand mit schwerer Zunge wie vom Grund eines Fasses. Lampon hatte gesprochen, des Vaters uralter Schimmel. Er neigte sein ausgemergeltes Haupt aus der oben offenen Stalltür.

„Ich danke dir, Lampon, für deine Begrüßung! – Sieh nur, was ich dir mitgebracht habe!"

Der erste Apfel zerbarst zwischen den Zähnen des Schimmels. „Gut schmeckt's!" sprach er mit schäumendem Maul.

„Hier hast du noch einen, da sind gleich zwei, und jetzt nimmst du auch noch das Körbchen!"

Sie kauerte sich an die schattige Stalltür. Lampon schmatzte und knirschte, bis er von einem unheimlichen Wald zu erzählen begann.

„Still ist es dort, nicht hell und nicht dunkel, nicht kalt und nicht warm. Schwebend, als hättest du gar kein Gewicht, wandelst du über den weich federnden Boden, bis eine Lichtung sich öffnet. Zartgrüner Rasen bedeckt ihren Grund, und ein Strauch, dem weiße Blütensterne entsprießen, groß wie Menschengesichter, wächst in der Mitte empor. 'Der Lebensbaum', denkst du. Wie seine Blüten wohl duften? – Rund um den Strauch liegt eine dünne Reifschicht. Du streckst die Hand aus nach einer der Blüten. Mit feinem Klingen springt sie vom Ast. Eine Eisblüte hältst du ohne jeglichen Duft."

Der Schimmel verstummte, und seiner Besucherin wurde es bang um das Herz. Sie erhob sich, strich Lampon über die Nüstern und blickte ihm in die Augen. Blank waren sie und ein geheimnisvoller Schein glühte in ihrer Tiefe.

„Eigentlich ist sie kein richtiges Kind", schwatzten die Mägde beim Spinnen.

„Sie guckt manchmal so."

„Hat irgendwie alte Augen."

„Spricht wie die Großen."

„Und lauscht."

„Wie ihre dünnen Finger nur zittern!"

„Vielleicht ist sie nicht ganz gesund."

Die Spindeln schnurrten, und die Spinnerinnen senkten bedenklich den Kopf.

Abermals war es zur Stunde des Pan. Alle schliefen im Haus, nur Sappho kauerte wach unter dem Nussbaum, nahe dem hölzernen Mann, der wieder die Leier besaß.

„Wie laut die Zikaden ringsum ihr Lied singen unter den Flügeln!"

Sie erinnerte sich an die eine von ihnen, die Nanno am Morgen gefangen und in den kleinen Käfig gesperrt hatte. Schnappschnabel blickte schläfrig herüber. Ein dunkles Gefühl überkam sie. Sie nahm sich den Käfig, öffnete ihn und griff die Zikade.

„Sollen die Anderen nur immer singen! – wir aber schweigen!" Sie schaute sich um, verzog ihren Mund, und entriss der Gefangnen die Flügel.

Die freien Zikaden ringsum verstummten.

„Schnappschnabel ist gleichfalls gestutzt!"

Der Kranich blickte jetzt nicht mehr schläfrig herüber, sondern mit gieriger Schärfe.

Wieder erhoben die freien Zikaden ringsum ihre Stimmen. Diesmal klang's nicht wie ein hell tönendes Lied, sondern wie schrilles Geschimpfe.

„Horch nur, sie schelten, weil du so langsam nur krabbelst. Hast, wie es scheint, zuviel Beine. Der schnellfüßige Lailaps hat nur vier Beine. Dann richten wir dich doch ebenso her. So, siehst du, und so."

Die freien Zikaden ringsum verstummten.

„Wie ungeschickt du jetzt wieder herumkriechst! Freilich, auf allen Vieren käme ich auch nicht besser voran. Weg also mit noch zwei Beinen! Der hurtige Schappschnabel hat auch nur zwei. Na, da komm her!"

Wieder erhoben die freien Zikaden ringsum ihre Stimmen. Diesmal klang's nicht wie schrilles Geschimpfe, sondern wie Weinen.

„Los jetzt, lauf endlich los, dummes Tier!"

Die Zikade rollte zur Seite und von der Seite auf ihren Rücken. Langsam ruderte sie durch die Luft mit den beiden verbliebenen Beinen.

Die freien Zikaden ringsum verstummten. Längere Zeit verstummten sie diesmal. Der Peinigerin aber bebte das Kinn. Als sie den leeren Käfig erblickte, überwältigte sie der Jammer. Reue packte und schüttelte sie.

„Was hab' ich getan!"

Ausgreifenden Schrittes eilte Schnappschnabel herbei. Schnell pickte die Reste er auf des grausamen Spiels.

Nanno kam und rieb sich die Augen.

„Wo ist die Zikade?" fragte sie. „Der Käfig ist leer!"

„Ich hab' sie befreit. Leid tat sie mir in dem engen Gefängnis!"

NASCHEN UND SPÄHEN

Am Ende der Säulenhalle am Vorhof öffnete sich ein finsterer Gang. Er mündete in den Wirtschaftshof. In der Mitte des Ganges, unter der Treppe zum Schlafzimmer der Eltern, konnte man in die Schatzkammer gelangen.

Ob sie vielleicht vergessen hatten, die Tür abzuschließen? – Sie hatten's tatsächlich vergessen. – Drum rasch hinein!

Der Raum war nur durch einen Mauerschlitz in der Höhe beleuchtet. Nachtschwarze Truhen reihten entlang sich der Wände. Kampfschilde hingen ringsum, beschlagen mit furchterregenden Bildern. Helme blinkten dazwischen, Brustpanzer und Beinschienen. Mit aufgerichteter Deichsel lehnte ein Rennwagen am Gemäuer. Mächtige Vorratsgefäße waren im sandigen Boden versenkt und Reihen verpichter Amphoren. Auf einem Sockel, nahe der Tür, stand ein klebrig glänzender Krug.

Er war mit Honig gefüllt. Verheißungsvoll schmatzend löste beim Öffnen der Deckel sich ab. Wie sanft die kühlende Süße den Finger umschloss, wie er im saugenden Mund sich wohlig wieder erwärmte, und wie das schmeckte! – Viel köstlicher als ein erlaubter Genuss.

Sie blickte zum Mauerschlitz. Gern würde sie einmal hindurchschauen! – Auf die Truhe darunter galt es zu klettern.

Also klomm sie empor, und ohne selber gesehen zu werden, konnte sie jetzt in den ihr verbotenen Wirtschaftshof blicken.

Der erste Blick fiel auf den Dienstknaben Poias. Ein Liedchen pfiff er und schwang sich im Tanze. Hoch hielt er einen Hammer und eine Sichel.

Erschrocken fuhr sie zurück. Hatte Poias ihr eben nicht keck zugeblinzelt? – Vorsichtig näherte sie sich wieder dem Ausblick. Poias war nicht mehr zu sehen. Nur sein Pfeifen hörte sie noch.

Vor der Wand gegenüber zerstampfte und rieb Radine Getreidekörner in einem steinernen Mörser. Tief ins Gesicht hing ihr das fuchsrote Haar. Ohne zu ruhen stampfte und rieb sie und summte ein eintöniges Lied.

Phila, die Hübsche, beugte daneben sich über die Teigmulde. Wie tief sie hineingriff und wie geschmeidig sie sich beim Kneten bewegte! – Und sieh nur! – Der struppige Ops schlich sich an Phila heran, umschlang sie und wollte sie küssen. Doch sie entwand sich dem Dreisten und strafte ihn mit den teigstarrenden Händen.

Darüber lachte Bolos, der Runde. Er hockte drüben im Winkel der Mauer und kackte. Auch Bubu, ein kleines schmutziges Brett abkratzend, bleckte vergnüglich die Zähne.

Also ging es recht heiter im Wirtschaftshof zu.

„Die Eltern sind nicht so vergnügt!"

Die Späherin glitt von der Truhe herab und besuchte noch einmal den bauchigen Krug. Verheißungsvoll schmatzend löste beim Öffnen der Deckel sich ab. – Wie sanft die kühlende Süße den Finger umschloss, wie er im saugenden Mund sich wohlig wieder erwärmte, und wie das schmeckte! – Viel besser als jeder erlaubte Genuss.

Am Abend schlurfte die alte Kalline herbei: „Kindchen, der Vater verlangt gar dringlich nach dir!"

Gleich eilte Sappho in den Vorhof hinüber. – "Ob er von meinem Besuch in der Schatzkammer weiß? – Vielleicht aber will er mich auch wieder prüfen, und wehe, wenn keine gute Antwort ich gebe. Er hasst doch die Dummheit so sehr!"

Der Vater saß in der Säulenhalle vor seinem Arbeitszimmer. Eine Schriftrolle lag ihm über dem Schoß. Walnusskerne führte zum Mund er, die Smikros, sein kleiner ägyptischer Diener, ihm aus der Schale geknackt. Seitab lag der schnellfüßige Lailaps.

„Da bist du ja!", rief der Herr Vater und die goldene Augenscheibe blinkte sie an. „Komm her und reich mir dein Händchen!"

Zögernd trat sie zu ihm. Er nahm ihre Hand, um einmal wieder sich über die fremdartige Bräune zu wundern und die dünnen zittrigen Finger. Er verglich mit ihr die eigene, noch immer gefürchtete Ritterhand. Sie war ebenfalls feingliedrig, doch nicht so braun und zerbrechlich.

'Die Kleine ist noch nicht lang aus dem Dunkel getreten', sann er und ließ ihre Hand. – 'Ich aber kehre bald dorthin zurück.'

'Was er wohl will? – Spricht von der Schatzkammer nicht, stellt keine schwierigen Fragen!'

„Hier hast du auch einen Nusskern!"

Süß schmeckte er und etwas bitter zugleich. Der nur süße Honig der Schatzkammer war besser.

„Jetzt aber gehst du ins Bett!"

Der Vater streckte den kleinen Finger ihr hin und wandte zugleich das Gesicht ab. So pflegte beim Abschied oder beim Gruß er seine Bewegtheit oft zu verbergen.

KRANK

Unberührt stand der Milchbecher an seinem gewohnten schattigen Platz.

„Sappho, wo bist du?"

Großmutter Ada und Nanno fanden im Feigenbusch sie, auf dem Vorhof.

„Du hast deine Milch nicht getrunken."

„Warum antwortest du nicht?"

„Was ist dir?"

Sappho gab weiterhin keine Antwort. Da zog sie Nanno hervor.

Ada schaute sie an und rief gleich:

„Die Götter mögen uns beistehen! – Das Kind ist bleicher als dürres Gras!" – 'Dülles Glas' sagte sie in der Erregung. – „Das Kind ist ja krank."

Nanno: „Komm nur, ich trage hinüber dich in die Kammer!"

Ada laut rufend: „Drosis! – Kalline! – Rhadine! – Wir brauchen Wasser für Sappho, Salböl und Laken! – Und Smikros soll kommen!"

Zusammengekauert wartete Sappho neben dem Bett.

'Krank bin ich', sagte sie sich, und ein Gefühl von Freude durchdrang sie, denn: – 'Jetzt müssen sie alle sehr lieb zu mir sein.'

Ada kam: „Nun schnell in's Bett! – Seht nur, wie unruhig sie atmet. Kleis, die Mutter, wo ist sie?"

Die Herrin weilte im Heiligtum Aphrodites.

Smikros setzte sich zu der Kranken, legte die schmale trockene Hand auf ihre Stirn und fühlte den Puls. Danach bat er, den Mund aufzutun, fasste mit einem Tüchlein die Zunge und sah in den Rachen.

„Eine ernste Krankheit. Sie wird einige Zeit liegen. Und Ruhe bitte, viel Ruhe!"

Sappho drehte zur Wand sich, zog die Knie an und schlang die Arme zusammen: 'Ja, sie müssen jetzt alle sehr lieb zu mir sein. Ich habe auch selbst mich sehr lieb.'

Der Vater blickte kurz in die Kammer: „Apollon, dem Heilenden, müssen ein Opfer wir bringen!"

Mehrere Tage fieberte Sappho. Smikros, Nanno und Ada wachten wechselnd bei ihr. Die Mutter blieb fern, um nicht auch zu erkranken. Der Vater mied einen zweiten Besuch. Er konnte den Anblick des Leids nicht ertragen. Als das Fieber sich senkte, schenkte die Großmutter ihr ein kleines tönernes Nilpferd aus Ägypten. Auf seinem grün glänzenden Körper waren tiefblaue Papyrosstauden gemalt. Das Tier trug also die Umwelt gleich mit sich. Auf der Unterseite öffnete sich ein Brennloch. Wenn man das Ohr daran hielt, hörte das Meer man oder die Nilwasser rauschen.

Apollon sendete heilsame Kräfte, und die Kranke blickte bald wieder klar in die Welt.

Als Nanno am Abend sich neben sie legte, bat Sappho um eine Erzählung. Kein Märchen sollte es sein, sondern wirklich Erlebtes. Nannos Lebensgeschichte vielleicht?

„Ich bin eine Amme doch nur! – Was soll ich schon haben für eine Geschichte! – Ein Kind der schopfgezierten Thraker bin ich, aufgewachsen unweit des Pontos, zwischen den breiten, langsam dahinfließenden Mündungsarmen des Istros, welcher entspringt im Lande der Hyperboräer, weit oben im Norden. Dorthin fliegt im Winter für längere Zeit alljährlich im Schwanenwagen Apollon. Weit ist und flach mein Heimatland. Viel Wasser gibt es und Sümpfe. Der Wind flüstert im Schilf …"

Weiter erzählte Nanno, dass es im Thrakerland keine Städte gäbe, sondern nur kleine Dörfer mit schilfgedeckten Häusern aus Lehm. Ein Tag sei dort wie der andre. Dies ließe die Zeit langsamer vergehen als in den Städten der Griechen. „Ein Handelsschiff zieht manchmal vorüber." Sie erzählte, wie mit den Freundinnen oft sie zum Ufer gezogen, um Wäsche zu waschen und in der Sonne zu bleichen. – „War die Arbeit getan, tanzten wir gerne im Reigen. Da ritt wohl manch neugieriger Jüngling vorüber. In einen von ihnen hab' ich verliebt mich, doch wagte ich nicht, es ihm zu gestehen. Sagt' ich's dem Schilf. Das flüsterte weiter meine Gedanken. Bald kam er und wir gingen zusammen."

Nanno erzählte von Festen im Dorf, wie sie schmausten

und zechten, bis die Leier erklang, bis der Aulos seine Stimme erhob und Schellen und Klappern sich rührten. – „Nichts geht uns über Tanz und Musik. Auch Orpheus, der Sänger, war ja ein Thraker. Menschen und Götter bezauberte er mit seinem Leierspiel und seinem Gesang. Die Vögel lockte herbei seine Kunst. Aus der Flut tauchten die Fische empor. Löwen, Bären und Wölfe lagerten friedlich sich um ihn im Kreise, neben Rehen und Lämmern. Bäume und Felsen sogar rückten heran, ihm zu lauschen. Ja, der Schnee schmolz, und die Meereswellen glätteten sich."

„Das möchte ich auch einmal können!"

„Eines Abends schlich ich zum Wasser, den Liebsten zu treffen. Der aber kam nicht. Dafür hatte am Ufer, wie schon lange nicht mehr, stromabwärts gerichtet, ein Handelsschiff festgemacht. Still lag es und keiner der Seeleute war zu sehen. Hatten das Schiff sie verlassen? – Ging hin ich und guckte! – Plötzlich umfingen die Maschen mich eines Netzes, rissen mich hoch, zerrten herum mich, bis ein Deckel über mir zufiel. Ich war gefangen, und das Schiff fuhr mit mir davon. Nach langer, leidvoller Reise kamen wir an in Milet wo ich als Sklavin verkauft wurde."

„Du Arme! – So fern von der Heimat!"

„Weit in die Ferne war auch Orpheus gezogen vor seiner Heimkehr."

„Wirst auch einmal heimkehren, Nanno!"

„Ach, weißt du, Heimkehr ist oft nicht das Beste. Orpheus, nachdem er wieder zuhause, wurde ermordet."

„Wie das?"

„Kein Weib wollte er anschauen mehr. Allenfalls schöne Knaben. Die Wirkung seiner Musik war erloschen. Da haben die Frauen zuhause ihn wütend in Stücke gerissen. Den Kopf und die Leier warfen ins Meer sie. Beides trugen die Wellen nach Lesbos, wohin ja auch mich endlich das Schicksal geführt."

Nach Nannos Erzählung fiel Sappho bald in den Schlaf. Am nächsten Morgen lag sie und blickte verlassen zur Tür. – "Wie langweilig fühle ich mich! – Der Vater sagt, wer sich langweilt, den müsste man strafen. – Trotzdem: Wie langweilig fühle ich mich!"

Schnappschnabel stelzte glöckchenbimmelnd herein, blickte mit roten Edelsteinaugen sie an, pickte hier, pickte dort und stelzte wieder hinaus.

Smikros kam zu ihr. Er prüfte den Puls und öffnete eine Büchse, gefüllt mit schwärzlicher Paste. Mit einem Spachtel nahm er davon und gab es der Kranken. Der widerliche Geschmack trieb ihr Tränen hervor.

„Aber sie heilt", flüsterte Smikros. „Und jetzt schlafen wir weiter!"

Müde nahm Sappho das Nilpferd und horchte hinein. – "Wie das Nilwasser rauscht! Oder ist es das Meer, von dem der Vater so gerne erzählt?" – Das weite wogende Meer. Tiefhängende Wolken ziehen darüber. Sie spiegeln sich in den Wassern, und die Wasser spiegeln sich in den Wolken. Leise atmet es aus der Höhe; leise hebt und senkt sich die Flut. Ein goldener Lichtstrahl bricht durchs dunkle Gewölk. Suchend gleitet er über die Wellen. Der glasige Hut einer Qualle erglänzt. Glitzernd wiegt sich ein Teppich bräunlichen Tangs. Doch Qualle und Tang sucht der Lichtstrahl hier nicht, sondern heilige Reste. Dort findet er sie. Ein menschlicher Kopf ist es, der Kopf des zerrissenen Orpheus. Die Wogen tragen dahin ihn. Adern und knorplige Röhren biegen sich wie Tentakel aus dem Halsstumpf ins Wasser. Bleigrau schimmern die Augäpfel zwischen den Lidern. Rostrotes Haar umfließt das Gesicht. Ein langer Bart hat in den Saiten sich einer halb versunkenen Leier verfangen. Auf einem der Hörner der Leier sitzt eine kleine Sirene. Unter den Flügeln wachsen ihr Arme hervor, die eine eigene Leier umfangen. Die grauen Lippen des Orpheus beben und öffnen sich, Lieder zu singen, Liebesgesänge. Gemessen begleitet das Leierspiel der Sirene. Fische tauchen lauschend empor. Eine Möwe gleitet vorüber. Der Lichtstrahl folgt. Oder treibt er den singenden Kopf nicht vielmehr zum Land hin, das in der Ferne erscheint? – Das Echo der Lieder hallt bald vom Ufer zurück. In felsiger Bucht öffnet ein Tor sich. Der singende Kopf und die halb versunkene Leier mit der Sirene gleiten ins Dunkel. Das Tor schließt sich. Das Licht aus der Höhe verlöscht. Die Wolken lösen sich auf. Über dem gastlichen Land aber, Lesbos ist es, beginnen die schmalgefiederten Vögel zu singen, die Frösche, das Schilf und die Blätter der Bäume, die Hirten und Dichter …

„Wie geht es?" fragte Großmutter Ada.

Die Kranke erwachte: „Orpheus hab' ich gesehen, den Thraker. Doch nur seinen abgerissenen Kopf, und der trieb singend im Meer.“

Abwehrend hob Ada die Hand: „Das ist keine erquickliche Mär. Das ist nicht Musengeschmack! – Die Musen lieben nur anmutig Schönes. Kein Klagelied darf ertönen im Haus, wenn ihre Huld man begehrt.“

„Erzähl’ von den Musen!“

„Die Göttlichen wohnen in einer eiskalten Grotte am Helikon. Dort wird ihnen Kunde zuteil über Vergangenheit, Gegenwart und die Zukunft. Unfern der Grotte sprudelt die Rossquelle, von Pegasos, dem geflügelten Wunderross, aus dem Felsen geschlagen. Sie baden darin und tanzen rundum. Der Trunk des eisigen Wassers schenkt ihnen Frohsinn. Auch am Fuße des Helikons, im rosenreichen Pierien tummeln sie sich. Frei aber bleiben sie immer von trüben Gedanken. Endlich tanzen sie gern auf den kalten, luftigen Höhen des Berges Parnassos im Reigen, angeführt von Apollon, dem weithin blickenden Gott, der ihren Chorgesang zu den Tänzen auf seiner Leier begleitet. Ordnung verlangt er, Ebenmaß und Bestimmtheit.“

„So wird auch er von Kälte durchdrungen sein und die Tränen nicht lieben. Und gewiss hasst er die Dummheit.“

„Das mag sehr wohl sein. Merke dir nur: Das Anmutige suche! Was nicht anmutig ist, meide!“

Sappho wandte sich ab: „Kälte, immer nur Kälte und keine Tränen …“, flüsterte sie, bevor der Schlaf sie wieder entrückte. „Meine Nanno jedoch … so weich und so warm …“

KEIN GÖTTERBESUCH

„Könnt ihr noch jetzt etwas hören?" fragte Smikros den Herrn, der im tieferen Arbeitszimmer thronte.

Wie zu erwarten antwortete er nicht, denn Smikros hatte ihm nun auch das zweite Ohr mit einem Wachspfropfen verschlossen. Der Herr verlangte lautstark, alleine gelassen zu werden.

„Doch bleib in der Nähe, und die Tür lass' einen Spalt offen!"

Kaum sichtbar im Dunkel, hob er die Hände ein wenig und drückte die Fingerspitzen gegeneinander. Zu seinen Füßen lag Lailaps, die Schnauze am Boden.

Als Schnappschnabel in den Wirtschaftshof gebracht wurde, zog sich auch Sappho zurück. Im Feigenbusch auf dem Vorhof versteckte sie sich.

Etwas Unheimliches lag in der Luft. Nur weibliche Wesen zeigten am Werk sich. Mit Tüchern, Kannen und Schüsseln hasteten sie in den Frauenhof und eilten mit leeren Händen wieder zurück.

Kleis, die Herrin, erschien in der Säulenhalle, gestützt von der Mutter. Panope und Meda folgten den beiden. Meda trug einen fein geglätteten Kasten, Gryta genannt, gefüllt mit Mitteln zur Heilung. Kaum hatten die Herrin und ihr Gefolge die Schwelle zum Frauenhof überschritten, als das Haustor aufging und drei schwarz vermummte Weiber hereindrangen. Lampon wieherte und schlug mit dem Huf gegen die Stalltür. Schnappschnabels warnende Rufe schallten herüber. Lailaps knurrte im Dunkel. Eilig verschwanden die Schwarzen im Frauenhof, wo sie bald ein beschwörendes Murmeln und Summen erhoben.

Sappho schauderte es. Mit zitternden Händen bedeckte sie ihre Lippen.

Skamandronymos hörte kein Murmeln und Summen. Taub saß er im Dunkel und formte ein Distychon über die These, dass eine Geburt gleichsam ein Gegentod sei.

Klein, braun und kahl kniete Smikros nahe dem Herrn vor der Tür und schaute ins Weite. Die schmalen Hände lagen dem Schurz auf. – "Nun ja, die Edeltrefflichen", – ging es ihm durch den Sinn, – "in solchen Stunden sind sie wie wir."

Smikros war an den Hausherrn als Beutestück eines Seeraubs gelangt. Die Gefährten hatten beim Teilen der Beute ob seiner Dürftigkeit wohl gelacht. Doch bald zeigte sich, dass er recht anstellig war und der Heilkunst auch mächtig. Ganz wenig nur aß er. Deshalb wurde er langsam kleiner und kleiner.

Furchtbare Schreie erschallten, und das Murmeln und Summen brach ab. Panope stürzte hervor. Sie eilte zu Smikros, und beide verschwanden im Arbeitszimmer des Herrn.

Bald wankte, gefolgt nur von Lailaps, der Herr zum Altar. Er streckte die Arme empor, den Göttern zu danken.

Denn seine Kleïs hatte soeben einen Sohn und Stammhalter geboren.

Zehn Tage nach der Geburt, wie es der Brauch, wurde das Fest der Namengebung gefeiert. Skamandronymos, Kleïs, Ada und Sappho, die Verwandten aus Sardes und Mytilene, sowie die Freunde des Hauses, scharten sich um den Altar. In der Säulenhalle prangten die Gastgeschenke, dazwischen auch allerlei Spielzeug.
Der Vater hob den in linnene Tücher gewickelten Spross vom Boden, um ihn als Sohn anzuerkennen. Zweimal trug er ihn um den Altar und verkündete seinen Namen: Charaxos sollte er heißen. Fromme Gesänge erklangen, begleitet von Leiermusik. Opferrauch stieg empor, aber: „Kein Götterbesuch", seufzte Ada.
„Siehst du", tuschelte Nanno der Sappho ins Ohr, und ihre grünen, schräg stehenden Augen erglänzten, „diesmal kein Götterbesuch!" – Über die neue Amme, eine Phönikerin, Mumu genannt, walzenförmig, mit klobiger Nase, urteilte sie: „Brüste wie die habe ich allemal."

Gut genährt und umsorgt, ruhte der Neugeborene in einer Kammer neben der Spinnstube. Die Eltern und Ada besuchten ihn oft.
„Mich besucht niemand!" seufzte die Schwester.
„Lass nur! – Du bist noch immer die erstgeborene Tochter."
„Wär' aber auch lieber ein Sohn!"

Eigentlich wollte sie ihn ja nicht sehen. Und doch schlich sie sich hin.

"Wie rosig er ist und wie fett!"

Ein süßlicher Duft entstieg seiner Wiege. Sie überlegte. Unvermittelt zog sie die dicken, feucht glänzenden Lippen zusammen, und zwickte den Schlummernden fest in die Wange. Er wachte auf, starrte stutzend ins Leere und fing an, durchdringend zu schreien.

Mumu eilte herbei. Da war Sappho aber schon fort.

Im folgenden Jahr lag wieder dieses Unheimliche in der Luft, und der Hausherr harrte mit wachsverschlossenen Ohren im Dunkel, bis man ihm kundtat, daß die Gemahlin ihm einen zweiten Sohn geschenkt hatte.

Zehn Tage nach der Geburt, wie es der Brauch, wurde das Fest der Namengebung gefeiert. Skamandronymos, Kleis und ihre Kinder, Ada, die Verwandten aus Sardes und Mytilene, sowie die Freunde des Hauses, scharten im Vorhof sich um den Altar. In der Säulenhalle prangten die Gastgeschenke, dazwischen auch allerlei Spielzeug. Der Vater hob den in linnene Tücher gewickelten Spross vom Boden, um ihn als Sohn anzuerkennen. Zweimal trug er ihn um den Altar und verkündete seinen Namen: Larichos sollte er heißen. Fromme Gesänge erklangen, begleitet von Leiermusik. Opferrauch stieg empor, aber:

„Wieder kein Götterbesuch", seufzte die Großmutter.

„Siehst du", flüsterte Nanno. „Kein Götterbesuch! – Und eine neue Amme gibt's auch nicht."

Larichos schlief mit in der Kammer des Bruders.

Sappho: „Warum besuchen die Eltern und Großmutter ihn nicht so oft wie damals Charaxos? Larichos ist doch viel süßer."

Nanno: „Ist eben der zweite Sohn nur. Du aber bist noch immer die erstgeborene, einzige Tochter.

DIE MUTTER

Sanft vor sich hin singend umschritt die Mutter den Webstuhl. Andächtig schaute die Tochter ihr zu. Ein buntes Gewebe wuchs langsam hervor.

Sappho staunte über den Reichtum der Muster: ›Woher kann sie das nur? – Der Vater sagte ja einmal, man kann nur, was man schon kann, und lernt nur, was man schon weiß. – Ich aber kann und weiß nur so wenig!‹

Ein höheres Glück war es, dabei zu sein, wenn die Mutter beim Leierspiel war. Wie hurtig die Finger sich über die Saiten bewegten, sich spreizten und wieder vereinten, wie sie die Saiten bald kräftig, bald sanfter anrissen, drückten oder sich ihnen leicht auflegten, den Nachhall zu dämpfen. Manchmal klang es, als tönten zwei Leiern zugleich.

Zum Saitenklang sang die Mutter auch manchmal. Einen Hymnos etwa auf Goldhaar Apollon, den Koios Tochter gebar, die einst der Kronide, der großmächtige Herrscher zum Weibe sich nahm.

'O glanzvolles Spiel! – O wunderbarer Gesang! – Gewiss hörte der strenge Gott der Ordnung, des Ebenmaßes und der Bestimmtheit ihr zu!' – Sappho blickte zu seinem Bildnis hinüber. Ungerührt blickten die steinernen Augen.

Das Schönheitsfest nahte im Heiligtum Aphrodites.
Skamandronymos weilte in diesen Tagen auf seinem Landgut, die Freuden der Jagd zu genießen. Die Mägde rätselten, welche Gewänder und welchen Schmuck die Herrin anlegen würde, was es für Salben und Düfte wohl wären, die sie zum Feste erwählte.

Sappho zu Nanno: „Wenn ich doch zusehen könnte, wie sie sich schön machen lässt für das Fest!"

Nanno: „Das würde erlauben sie niemals. Müsstest schon schleichen hinauf zum Schlaftempel der Eltern, ganz früh am Morgen, und dich verstecken; am besten hinter der alten Truhe aus Sardes, bevor Panope und Meda erscheinen. Du weißt aber, dass es dir oben verboten und dass die Mutter beim Schönmachen oft schlecht gelaunt ist."

Als der Tag des Festes gekommen war, sagte sich Sappho: 'Ich wag's!'

Sie stieg die steile Treppe hinauf. Zuerst bewunderte sie oben die Aussicht über das Meer, von dem sie bislang nur gehört und geträumt.

Die hohe Türe im Hintergrund der von zwei Säulen

gestützten Vorhalle war noch geschlossen. Nahebei stand die sardische Truhe. Sie war von zwei Tierfriesen umzogen aus Elfenbein, Silber und Gold. Die Großmutter hatte ins Haus sie gebracht, wie manches wertvollere Stück. Der Raum neben der Truhe bot ein gutes Versteck, aus dem sich beobachten ließ.

Kaum hatte Sappho sich neben der Truhe verborgen, da nahten Panope und Meda, durchschritten die Vorhalle und zogen die Türflügel zum Schlafgemach auf. Mit demütigem Gruß traten sie ein. Unverzüglich kamen sie wieder heraus mit einem edel geformten Lehnstuhl, den sie vorn in der Vorhalle aufstellten, dem Meer zugewandt. Dem Lehnstuhl folgten zwei bronzene Tischchen und ein Gerüst, das mit den schönsten Gewändern behängt war. Auch hauchfeine Schleier waren dabei. Auf eines der Tischchen wurden duftige Handtücher gelegt. Zuletzt stellten die Mägde fein geglättete hölzerne Kästen dazu und ein Becken voll Wasser.

Einer Göttin gleich erschien bald die Mutter im Rahmen der Tür, umwogt von einem phönikischen Mantel. Er war bestickt mit silbernen Monden. Sie ließ das Tageslicht auf sich wirken. Dann schritt sie zum Rande des Daches, über das Meer hinzuschauen. Mit verdrießlicher Miene kehrte sie um und ließ im Lehnstuhl sich nieder. Meda reichte ihr einen goldenen Spiegel. Panope kam mit dem Kamm. Wie das krause, nachtschwarze Haar knisterte, während Panope es strählte! Der Mantel glitt von den Schultern, und Meda entkorkte bunt gemaserte gläserne Fläschchen, gefüllt mit duftendem Öl, wie an den Göttern es schimmert, ambrosisch und köstlich. Kleine Töpfchen ägyptischer Herkunft spendeten Pasten, die Mutter zu schminken, ihr Anmut zu gießen ums Haupt. Ein leiser Luftzug trug die Gerüche von Zimt, von Myrrhe und Narde herüber.

Die Lauscherin hob den Kopf höher: "Wie schön sie ist!"

Kleis, die Herrin, war aber nicht eigentlich schön. Wohl hatte sie ihre Reize, die zierlichen Hände und Füße, die Nacht des fülligen Haars und die dunklen, funkelnden Augen. Doch der Körper war untersetzt und die Nase, ein Erbteil des phönikischen Vaters, zu groß.

„Was ziehen wir an?"

„Den Chiton vielleicht, den safranfarbenen?"

„So mag es sein!"

Sonnengleich strahlend floss das Gewand um die Mutter.

„Den Hals schmücken wir mit dem Bernstein!", forderte sie und prüfte im Spiegel die Wirkung des durchsichtig goldenen Steines.

„Die Spangen aus Sardes mögen die Arme umschließen. Zwei an den rechten, einen nur an den linken! – In die Löchlein am Ohr steckt mir die goldenen Blüten!"

Selbstvergessen schaute Sappho dem Schönheitswerk zu.

Da blickten die Augen der Mutter sie an aus dem Rund ihres Spiegels. Sie war entdeckt. Zu spät, sich zu dukken.

„Das wäre ja ... Komm du sofort einmal her!"

„Was hast du hier oben zu suchen? – Nimm deine Hände gefälligst vom Mund!"

„Ich, ich …"

„Mehr hast du nicht mir zu sagen? – Wie dumm du bist! – Wie dumm und wie stumpf! – Fort mit dir auf der Stelle! – Hinweg!"

Unsicher stapfte Sappho die steile Treppe hinunter: – "Ich wollte doch nur … Ich war doch ganz lieb!"

Panope und Meda besuchten die Kräuterfrau vor der Stadt, um für die Herrin, die im Bett lag mit schmerzendem Kopf, heilsame Spezereien zu kaufen; Mandragora darunter, die menschengestaltige Wurzel, zur Linderung vielerlei Wehs.

„Soll ich nicht doch noch einmal hinaufgehen, die Einsame zu trösten?" fragte sich Sappho und stieg endlich die steile Treppe hinauf. Oben schaute zuerst sie wieder über das Meer.

Auf der alten sardischen Truhe lag der Spiegel der Mutter. Sie nahm ihn. Der goldene Griff war als nacktes Mädchen gestaltet, das seine kleinen Brüste umfasst hielt. Das spiegelnde Rund stand wie die Sonnenscheibe über dem Scheitel des Mädchens. Sie blickte hinein: 'Ja, das bin ich. Ich bin's!' Sie küsste ihr Spiegelbild, ohne sich über die mächtige Nase zu wundern, die ihr entgegenwuchs aus dem blinkenden Rund.

„Schön bin ich, goldenen Blumen sehe ich ähnlich", sang sie ganz leise.

„Akko aus Samos gleichst du, der Törin!"

Die Mutter hatte gesprochen. Sie stand im Rahmen der Tür. Eine mehlweiße Schönheitsmaske verbarg ihr Gesicht. Rotgerändert blickten die Augen und dunkel klaffte der weiß überschmierte Mund:

„Auch Akko, die ihr Gewand halbfertig vom Webstuhl nimmt und es anzieht, redet mit ihrem Spiegelbild wie mit wirklichen Menschen. Ich aber kann es nicht dulden, dass du einfach heraufkommst, dass du sogar meinen Spiegel nimmst und ihn trübst mit den Fingern und Lippen. Gib her ihn und geh! – Aus meinen Augen, Schwachköpfchen du!"

Unsicher stapfte Sappho die steile Treppe hinunter. – 'Schwachköpfchen nannte sie mich, und ich wollte sie doch nur trösten!'

DER VATER

Sappho genoss den Morgen in der Geborgenheit ihres 'Musenheims', wie sie den Feigenbusch im Winkel des Vorhofs jetzt nannte. Sie fühlte sich eins mit dem Grün seiner Blätter, aus dem sich so trefflich beobachten ließ. Der Vater thronte im Schatten der Säulenhalle vor seinem Arbeitszimmer und neigte sich über eine Schriftrolle. Manchmal musste er lächeln und drückte den Finger an die goldene Scheibe vor seinem Auge. Lailaps wachte bei ihm, und in der Nähe saß Smikros, den Blick in die Ferne gerichtet.

Der Klopfring schlug gegen das Haustor. Lailaps fuhr auf und sprang bellend hervor, von Smikros gefolgt, der ihn besänftigte und das Tor öffnete.

Der Gutsverwalter Eurymedon war gekommen und wollte berichten. Er hatte ein Zicklein geschultert. Smikros nahm es ihm ab und brachte es in den Wirtschaftshof.

Ohne Gruß und ohne zu danken, fragte der Vater, warum er so früh ihn schon störe. Die Besuche des Gutsverwalters waren ihm unangenehm. Das schlechte Gewissen erwachte. Kümmerte er sich doch um sein Landgut nur wenig.

Eurymedon, ein dürftiger Mann mit unstet wandernden Augen, näherte sich seinem Herrn: „Gestern mittag ist das Dach des Speichers eingebrochen!"

„Warum hast du nicht rechtzeitig vorgesorgt? – Muss ich denn alles selbst tun?"

„Es wird schon in Ordnung gebracht."

Der Vater legte die Schriftrolle weg und zog die Brauen zusammen. Eurymedon brachte bekritzelte Fetzen hervor. Die Ertragslisten des Landguts. Stotternd verlas er sie, während der Vater ihn mit der goldenen Augenscheibe anblitzte.

„Ja, ja! – Weiter, weiter!"

„Es geht nicht mehr weiter. Das wär's!"

„Und wieder einmal ist es fast nichts."

Eurymedon jammerte über kränkelndes Vieh. „Und der Fuchs hat Hühner und Gänse gestohlen."

„Der Fuchs bist du wohl selber gewesen!"

Auf diesen argen Verdacht ging Eurymedon nicht ein:

„Das Wetter war feucht, jetzt ist es wieder zu trocken. Und Herr, es gehen Dämonen um auf dem Gut …"

„Mit solchen Geschichten verschon' mich gefälligst!"

„Hier wären zum Aufbewahren die Listen!"

„Gib her! Damit sind wir ja sicherlich fertig."

„Der Herr möge doch keinesfalls denken . . ."

„Nun scher dich schon weg!"

Nachdem der Gutsverwalter gegangen, neigte der Vater sich wieder über die Schriftrolle. Sappho im Feigenbusch dachte: 'Er ist halt kein Landmann. Der Ärger mit seinem Gut quält ihn wie Dummheit.'

Der Klopfring schlug wieder gegen das Haustor. Lailaps fuhr auf und sprang bellend hervor, von Smikros gefolgt, der ihn besänftigte und das Tor öffnete.

Die Herren Maisis und Leochares vom Adelsrat begehrten den Hausherren zu sprechen. Der Vater erhob sich, legte die Schriftrolle zur Seite und schritt den Herren maskenhaft lächelnd entgegen. Sie stützten sich auf ihre langen Stäbe der Würde. Lebhaft redeten beide zugleich auf den Hausherren ein.

„Ja, ja!" beruhigte er sie und schritt gemächlich um den Altar. Die Herren folgten und nickten nur stumm.

„Man könnte … man sollte … man müsste", verstand Sappho, es waren die Satzanfänge, welche der Vater auch im Familienkreis häufig gebrauchte, mag sein, um die eigene Tatbereitschaft von vornherein einzuschränken. Sonst konnte die Lauscherin nur Fragmente von den Sätzen des Vaters verstehen: „Man muss die Dinge in Ruhe lassen", verstand sie, oder "Man erreicht alles, wenn man nur weiß, was man will."

Die Herren vom Adelsrat verabschiedeten sich, und der Vater begleitete sie maskenhaft lächelnd zum Tor. Die Leselust war ihm vergangen. Er hob ein wenig die Hände, drückte die Fingerspitzen gegeneinander und sann vor sich hin.

Die alte Kalline brachte den Vormittagstrunk. Aus Wein und Eiern und Honig war er zusammengerührt. Der Vater kostete nur und warf den Becher zu Boden.

„Darauf kann ich verzichten", fuhr er die Schaffnerin an.

„Hast mit dem Honig wieder schändlich gegeizt!"

„Besonders viel sogar hab' ich genommen."

„Das lügst du!"

Weinend klaubte Kalline die Scherben zusammen, zwischen denen Lailaps gierig herumleckte.

Die Lauscherin dachte: 'Die Großmutter hat mir erzählt, dass der Vater von Skamandros, dem Gott, abstamme und einem Fluss in der Nähe von Troja, der einer heißen und einer kalten Quelle entspringt. Kein Wunder, dass überlegen und kühl er einmal sich zeigt, dann wieder hitzig und wenig beherrscht.'

Abermals schlug der Klopfring gegen das Haustor. Lailaps fuhr auf und sprang bellend hervor, von Smikros gefolgt, der ihn besänftigte und das Tor öffnete.

Der Nachbar Philomeleides trat ein, gefolgt von Philinna und von Melissa, den artigen Töchtern. Vergnügt schritt der Vater dem Hausfreund entgegen und reichte mit abgewandtem Gesicht den kleinen Finger zum Gruß.

„Hoffentlich störe ich nicht!"

Philomeleides war kahl und hatte ein rundes, rotes Gesicht. Seine vorquellenden Augen neigten zum Tränen: „Hoffentlich störe ich nicht, hab' ich doch diesmal die Töchter dabei!"

„Wo denkst du hin, lieber Freund! – Lasst bitte euch nieder im Schatten der Halle!" Der Vater bildete aus seinen Händen vor dem Mund einen Trichter und rief: „Ops und Bolos, Dotis und Photis, sputet euch! – Besuch ist gekommen!"

Die Gerufenen kamen mit Stärkungen und einem Stuhl für Philomeleides.

Skamandronymos: „Greift zu und erfrischt euch! – Sind groß geworden, die Töchter – und hübsch, wirklich sehr hübsch!"

Schwarzes Haar hatte die eine, blondes die andre. Zu lockendem Lächeln waren die Lippen geschürzt. Die Augen der Schwarzen schimmerten goldbraun, die der Blonden zyanblau. Sie hielten die alten lydischen Puppen der Sappho im Arm, die Schwarze die Blonde, die Blonde die Schwarze.

Mastixwürfel lutschten die Mädchen und richteten ihre neugierigen Blicke auf die goldene Augenscheibe des Herrn Skamandronymos.

Philomeleides aß einen kleinen kegelförmigen Kuchen

und sagte: „Ich habe gedacht, deine Tochter sollte gelegentlich spielen mit beiden. Ein wenig Gesellschaft würde nicht schaden."

„Ein guter, ein sehr guter Einfall!"

Die Mädchen schauten jetzt zu 'dem Ding' das neben dem Feigenbusch lehnte.

„Niemand konnte bislang damit etwas anfangen", erklärte der Vater. „Gefunden haben es Ops und Bolos in einem Bachbett. Aus einer längst vergangenen Zeit muss es stammen."

Und wieder blickten die Mädchen auf die goldene Augenscheibe des Vaters. Der bildete aus seinen Händen abermals vor dem Mund einen Trichter. Diesmal rief er nach Sappho.

Es rauschte im Feigenblattwerk. Die Zweige teilten sich, und Sappho, an eine Baumnymphe erinnernd, erschien. Der Vater war überrascht und ein wenig verärgert vielleicht, weil seine Tochter ihn sicher schon lange beobachtet hatte.

„Begrüße den Herrn Philomeleides und seine liebreizenden Töchter. Freundinnen solltet ihr werden!"

Sappho machte eine Verbeugung vor Philomeleides. Als sie sich seinen Töchtern zuwandte, kniff sie die Augen zu glitzernden Ritzen zusammen. 'Das sind sie also, die armen artigen Kinder des Nachbarn!'

Sie reichte ihnen die Hand. „Gehen hinüber wir in den Frauenhof, Schnappschnabel den Kranich zu sehen, mit den Edelsteinaugen und dem silbernen Glöckchen am Hals. Meine Brüder schlafen und werden uns sicher nicht stören."

Die drei gingen hinüber.

„Ist er nicht prächtig? – Wenn ihr wollt, könnt ihr ihn streicheln, er fühlt sich ganz wunderfein an!"

So schwärmte die Tochter des Hauses und ließ die Hand über Schnappschnabel gleiten.

„Am Hals, am Kopf und an den Flügelspitzen ist das Federkleid schwarz. Auch der Latz an der Brust ist, wie ihr seht, schwarz. Weiß wie Rauch erscheinen dagegen die duftigen Federschöpfe hinter den Augen. Schaut nur, wie gern er es hat, wenn man ihn streichelt. Er schließt die Augen vor Wonne." Sie schüttelte Schnapp-schnabels Glöckchen, und er öffnete wieder die Augen. „Rot sind sie wie glühende Kohlen. Ein richtiger Feuer-vogel ist er und kann sogar tanzen. Seht nur die langen anmutigen Beine!"

„Und das Gefieder fühlt sich ganz wunderfein an?" fragte Melissa. Sie schaute hinter der älteren Schwester hervor. Sappho nickte und kniff die Augen zu glitzernden Rit-zen zusammen.

Da wagte Melissa sich vor. Sie ging auf Schnappschna-bel zu, beugte entgegen sich ihm und streckte die Hand aus. Der Kranich musterte die kleine rosige Hand, und blitzschnell schnappte er zu.

Zurück fuhr Melissa, schrie lauthals, die Puppe fiel auf den Boden. Philinna schrie mit. Das Schreien ging über in Weinen, das Weinen allmählich in Schluchzen.

Sappho hob mahnend den Finger: „Die Musen lieben die Tränen nicht. Kein Klagelied darf, wenn ihre Gunst man begehrt, ertönen im Haus."

Verständnislos blickten die Schwestern.

Sappho wandte sich um: „Dort steht mit der Leier der weithinblickende Gott Apollon, Herr und Führer der Musen. Er liebt auch nicht die Tränen und verachtet die Dummheit."

„Wir wollen zu unserem Vater zurück! – Wir wollen nach Hause!"

Melissa nahm ihre Puppe und eilte davon mit der Schwester.

Der Mond war versunken und die Plejaden. Mitte der Nacht. Es klopfte sanft an die Tür, hinter der Sappho und Nanno in tiefem Schlaf lagen.

Die Amme fuhr auf: „Wer da? – Was gibt es?"

Smikros: „Nichts, nichts! – Der Herr möchte nur etwas Seltsames zeigen."

Die Aufgestörten kamen heraus. Sie blinzelten in das Licht der Laterne, die Smikros ihnen entgegenhielt. Der Vater ergriff Sapphos Hand: „Gehen wir, gehen wir rasch!"

Im Vorhof löschte Smikros das Licht. Ein anderes, grünlich und grell, leuchtete ihnen vom Fuße der Mauer entgegen, dorther, wo 'das Ding' lehnte.

„Was ist das?"

„Ein kleines Tier nur, eine Art Käfer."

Sie beugten alle sich über das Leuchtwunder.

Sappho: „Es ist so hell, daß man lesen könnte dabei!"

Wie es denn hieße, wollte Sappho gern wissen.

Smikros: „Geophilus electricus. Eine Leucht- oder Schalenassel Man sieht dieses Tier äußerst selten."

Skamandronymos: „Geophilus hält sich tagsüber in der Erde verborgen und kommt erst heraus, wenn es Nacht ist. Klettert an einem Grashalm empor und setzt sich dort fest, hinter sich greifend mit einigen seiner zahlreichen Beinchen. Ist der Halt sicher, lässt er am Bauch sein Licht leuchten und harrt bis sie kommen, die lichtgierigen kläräugigen Mücken und Motten. Wenn sie den Leuchtbauch erreicht haben, fasst Geophilus sie und frisst sie. Dabei hat er durchaus keine Augen, ist blind."

Sappho konnte ein krampfhaftes Lachen nicht unterdrücken.

„So gehen die kläräugigen Motten am Licht eines Blinden zugrunde, der genau weiß, wann es Nacht wird!" schloss der Vater seine Belehrung. „Nehmt es als Gleichnis!"

SPHÄRENMUSIK

„Man sollte …, man müsste am Ende der schönen Jahreszeit noch einmal gemeinsam hinausziehen zum Landgut!" sagte der Vater.

Kleis, an seiner Seite sitzend mit der schnurrenden Spindel, hielt inne und maß ihn mit abweisendem Blick. Sie liebte die ländlichen Freuden gar nicht und dachte:

'Wird dann doch wieder Philomeleides dabei sein, mit seinem Jägerlatein. Abstoßend zünftige Kluft wird er tragen, ihr Gatte und das Ärgernis auf dem Kopf.'

Sie meinte damit seinen Reisehut, strohgeflochten, rund und flach wie ein Teller, mit Kinnriemen und einem Zapfen darauf in der Mitte.

'Ach, und der anstrengende Ritt auf dem Maultier. Die elende Unterkunft!'

Kleis maß ihren Gatten mit abweisendem Blick. Doch sagte sie nur: „Wenn du meinst", und weiter schnurrte die Spindel.

Wenige Tage später waren alle Bewohner des Hauses früher am Werke als sonst. Skamandronymos, den Reisehut auf dem Kopf, lenkte im Vorhof die Arbeit der Mägde und Knechte. Seitab wachte der schnellfüßige Lailaps. Ops und Bolos zäumten die beiden Maultiere aus dem Wirtschaftshof auf.

„Dass die Schabracken gut anliegen! – Ich sehe noch Falten."

Als Lampon aus seinem Stall geführt wurde, fragte der Herr ihn, wie er geruht, und ob er sich stark genug fühle zum Ausritt.

„Aber ja!" antwortete mit schwerer Zunge der Schimmel, „etwas Bewegung tut gut."

„Habt ihr die Mundvorräte beisammen? – Und diese Körbe genügen? – Dann tragen Ops und Bolos je zwei, und Poias schultert die Amphora mit dem Wein. – Aber Vorsicht! – Und unsre Rhadine? – Den Wasserschlauch nimmt sie! Die Decken trägt dann die Phila!"

Mit leidender Miene, umwickelt von mehreren staub-schützenden Schals, erschien die Herrin im Haupthof. Panope und Meda begleiteten sie, beladen mit Kästen und Beuteln gefüllt mit heilsamen Mitteln.

„Die Maultiere sind fertig, schöne Jägerin!" rief Skaman-dronymos scherzend der Gattin zu. „Kannst aufsitzen! Sappho und Nanno sollen's dir nachtun!"

Nanno war geschwind oben, und der Vater hob Sappho ihr in die Arme. Er schwang sich, nicht ohne die Hilfe von Bubu, auf seinen Lampon.

Als er die Zügel fest in der Hand hielt, jubelte er: „Dort klappert auch schon Philomeleides herbei auf Skyphios, dem Renner. Und Spissa, die Hündin, umspringt ihn. Da freut sich mein Lailaps. – Willkommen, sag ich! – Was warten wir noch? – Brechen wir auf! – Du, Smi-kros, gehst uns voraus! Philomeleides und ich reiten dir nach. Uns folgt die Herrin, gesäumt von Panope und Meda, und hinter der Herrin reiten Sappho und Nanno. Kommen die Körbe noch, die Amphora, der Wasser-schlauch und die Decken. Den Schluss des Zuges macht Bubu. Dann los, und ihr, die ihr nicht mitziehen könnt, lebet wohl!"

Hufklappernd setzte der Zug sich in Gang.

Mumu, den kleinen Larichos auf dem Arm, sah aus der Pforte des Frauenhofs zu. Charaxos, neben ihr stehend, heulte, weil er nicht mitziehen durfte. Das freute die Schwester. Noch größer war ihre Freude darüber, dass auch die Töchter des Philomeleides daheim bleiben mussten. Schade nur, daß die Großmutter nicht mitkam. Sie winkte dem Zug vom Haustor aus nach.

Stockend ging es die Gasse hinunter, zügiger über den Markt und zum nördlichen Stadttor hinaus. Durch die Nordnekropole führte der Weg, am Grab der Familie vorbei. Rauch wirbelte in der Nähe empor. Ein herber Geruch lag in der Luft.

Skamandronymos und Philomeleides blickten einander kurz an mit hochgezogenen Brauen.

„Ich finde es gar nicht sehr schön hier", beschwerte sich Sappho.

Jenseits der Nekropole bildete der Weg nur noch eine Spur, und die Ausflügler umfing der balsamische Duft zertretener Kräuter. Laut schrillten ringsum die Zikaden. Sappho klatschte vergnügt in die Hände: „Draußen bin ich, zum ersten Mal draußen!"

Die Sonne stieg, und rasch wurde es wärmer. Kleis wand einen Schal vor Nase und Mund.

Sie zogen über einen im Sonnenglast flimmernden Grund, kamen an rebenbewachsenen Hügeln vorbei, und bald begleitete ein Apfelbaumwäldchen sie und ein plätschernder Bach.

Sappho streichelte Nannos zügelführende Hand: „Hier möchte ich bleiben! – Mein Heimatland ist es!"

Der Pfad stieg an. Licht und Schatten wechselten rascher. In engerem Bett sprudelte lebhafter der Bach.

Sappho: „Wann sind wir da?"

Nanno: „Noch nicht. Doch sicher gibt's bald eine Rast."

Und siehe, der Herr hob die Hand, und der Zug hielt an

am erholsamen Ort. Die Reiter lobten die Tiere und banden sie fest. Phila breitete Decken aus. Speisekörbe und die Amphora wurden geöffnet. Bunt leuchteten lecker bereitete Bissen, und es blinkten die Becher. Scherzende Worte wechselten ab mit launigem Lachen. Lieder erschallten.

Sappho streifte herum. Am Fuß einer kiesigen Lehne spürte sie einen Schmetterling auf mit großen, blau schillernden Flügeln. Er saß auf dem Kot eines Waldtiers und saugte daran mit feinem rosigen Rüssel. Sie rief den Vater herbei. Der Schmetterling flatterte auf. Geschwind kehrte er wieder zu seiner Nahrung zurück.

„In der Tat", erklärte der Vater, „ein Schillerfalter ist es. Habe seit meiner Seefahrerzeit keinen gesehen. Es begegnet uns doch so manches Köstliche noch einmal wieder im Leben."

Sappho: „Wie schön er ist! – Doch, sieh nur, woran er da saugt!"

Der Vater: „Das Schöne nährt gern sich von Unrat und entsprießt nicht selten kotigem Grund."

Sappho: „Nehmen wir es als ein Gleichnis!"

Der Vater lächelte über seine gelehrige Tochter und ging zum Rastplatz zurück. Bevor er wieder zum Becher griff, beugte er sich zu Philomeleides: „Wahrlich, es begegnet uns doch so manches Köstliche noch einmal wieder im Leben."

Nach der Rast ging es weiter bergauf. Auf flachen Sohlen schritt Smikros voraus. Am Schluss des Zuges stapfte der riesige Bubu. Lailaps und Spissa, die Hunde, liefen beharrlich auf und ab, den Zuge entlang.

Steiler stieg der Pfad an. Die Sonne rötete sich. Länger wurden die Schatten.

Sappho: „Jetzt sind wir gewiss bald am Ziele."

Nanno: „Was drängst du – ist oftmals besser, zu sein unterwegs als am Ziele."

In der Höhe krähte ein Hahn. Hundegebell.

Nanno: „Jetzt ist der Gutshof nicht mehr sehr fern."

Sie zogen an einer Umhegung entlang, gefügt aus Steinen und Pfählen, bekrönt von undurchdringlichem Geäst wilden Birnbaums. Durch ein offenstehendes Tor, zu Seiten der neu überdachten Scheune, gelangten sie in ein staubgraues Geviert. Im Hintergrund stand das Herrenhaus mit einer von Eichenstämmen gestützten Vorhalle. Seitlich lehnten Verschläge der Leute und Koben für allerlei Vieh. Unrat und Mist überall. Bedrohlich bellte der Hofhund.

Vor dem Herrenhaus warteten Eurymedon und seine Leute auf den lang schon erspähten Besuch.

Sappho seufzte: „Wie recht, liebe Nanno, du hattest. Unterwegs war es viel schöner als hier!"

Rasch schritt der Herr zu seinen versammelten Bauern. Da stolperte er, drehte mit hochgeworfenen Armen sich mehrfach im Kreise, stürzte zu Boden. Augenscheibe und Reisehut rollten davon. Ein erschreckender und ein komischer Anblick zugleich. Die Herrin Kleis wandte sich ab. Sofort war Smikros zur Stelle. Unbewegten Gesichts betastete er den Gestürzten.

'So fängt es an!' dachte er. 'Man wird hinfällig.'

Panope und Meda neigten sich über den Herrn. Auch Philomeleides eilte zu Hilfe.

„Was kann ich tun?" rief er. „Was fehlt ihm?"

Smikros erhob sich. „Eigentlich nichts. Am besten helfen wir ihm auf die Beine und führen ins Haus ihn. Ihr, Panope und Meda, sucht möglichst geschwinde das Weite!"

Ächzend kam Skamandronymos hoch. Zorn rötete sein Gesicht, bebend stülpten die Lippen sich auf. „Abblasen, alles abblasen! – Das Gelage fällt aus! – Der Tanz fällt aus! – Alles fällt aus!" schnaubte er, ehe, von Smikros und Philomeleides gestützt, er humpelnd im Hause verschwand.

Sappho kam mit der goldenen Augenscheibe und dem Reisehut hinterher.

Es wurde dunkel. Ruhe legte sich über das vom Zorn seines Herren getroffene Landgut. Nur die Zikaden schrillten ringsum, und in der Ferne quakten die Frösche. Der Mond ging auf und schien hell über das Land, über den Hof und in die Vorhalle des Hauses.

Dort knackte leise der Boden. Der Hofhund knurrte.

Ein kleines menschengestaltiges Wesen erschien im silbernen Licht. Der Schatten eines der Eichenstämme glitt drüber hin. Sappho war es, im Nachtgewand. Auf der Schwelle zum Hof blieb sie stehen. Die Augen hatte sie weit aufgetan und die dicken, feucht glänzenden Lippen wie zum Kuss vorgestülpt. – 'Ja, ich bin draußen, zum ersten Mal draußen!'

Sie blickte zum Mond und zu den Sternen hinauf,

streckte die Hand aus und sang leise: „Liebe Sterne rings im Kreise, müsst verbergen euer Licht, wenn der Silbermond gerundet …"

Eine Hand legte sich ihr auf die Schulter. Erschrocken fuhr sie herum. Der Vater stand hinter ihr. „Hat es dich auch ins Freie getrieben?" murmelte er und trat neben sie.

Sie fühlte, dass des Vaters Sinn wieder im Zeichen der kalten Skamandrosquelle stand und nickte.

Beide blickten zum rundäugigen Mond und zu den Sternen hinauf.

Der Vater erklärte: „Was du dort siehst, ist kein Chaos, sondern göttliche Ordnung. Und was so still scheint zu ruhen, das kreist in unbegreiflicher Schnelle und singt gleich dem fliegendem Pfeil. So tönen die Sterne, aber auch sie nicht ohne göttliche Ordnung, sondern harmonisch. Wir nehmen den Sphärengesang nicht wahr, weil ständig er schwingt. Nur wenn wir wissend ihm lauschen, vernehmen wir ihn."

Sappho horchte hinauf, und langsam schwoll an es, zu tönen dort oben in niemals vernommenem Wohlklang. Immer mächtiger wurde der Sternengesang. Von Schwindel erfasst, schloss sie die Augen. – Da legte die Hand des Vaters sich wieder ihr auf die Schulter. Bald schrillten nur noch die Zikaden ringsum, und in der Ferne quakten die Frösche.

„Genug ist's! – Gehen wir wieder zur Ruh!", sagte der Vater.

Zwei Tage später schon zogen sie heimwärts. Auf flachen Sohlen schritt Smikros voraus. Am Schluss des Zuges stapfte der riesige Bubu. Lailaps und Spissa, die Hunde, liefen beharrlich auf und ab, dem Zuge entlang.

Sappho sagte: „Es scheint mir jetzt alles so anders."

Nanno erwiderte: „Weißt', meine Liebe, zwei Gesichter hat jeder Weg: Hinweg und Rückweg. Darum scheint dir der Rückweg so anders."

WANDLUNGEN

An diesem Morgen wollte Sappho das Bett nicht verlassen. Einsam lag sie und lauschte auf die Geräusche des werdenden Tages.

Ein Gefäß aus Metall fiel unfern zu Boden und rollte tönend dahin. Aufgeregte Rufe folgten und Schreie. – Schritte irrten hastig umher. – Stille breitete sich aus. Keine gewöhnliche Stille. – Etwas Unheimliches lag in der Luft.

Die Decke legte sie um sich und verließ ihre Kammer. – Süßer Gesang empfing sie zum Klang einer Leier. Und sieh nur dort oben, über der Pforte zum Vorhof! – Ein Schwan saß dort, ein Wunderschwan mit dem Kopf eines liebreizenden Mädchens. Eine Sirene! – Kalkige Losung lief an der Mauer herunter. Auf plumpen Schwanenbeinen stand die Sirene und sang. Unter den Flügeln wuchsen Arme hervor, die die Leier umfingen.

Gedankenverloren stand Sappho und lauschte, bis eine mächtige Kraft sie in den Vorhof zog. Sie löste vom

Zaubersang sich und schlich durch die Pforte hinüber.

Warum standen sie alle vor dem Arbeitszimmer des Vaters?

Mit zurückweisend erhobenen Händen stürzte ihr Nanno entgegen. Doch die Tochter des Hauses strebte an ihr vorbei, drängte sich durch zur Schwelle des Arbeitszimmers und sah:

Auf dem rotbraunen Estrich, unweit der Tür, in der Quere, lag rücklings der Vater, nackt und seltsam verfärbt in ein glänzendes Schwarz. Zur Tür wandte das schwarze Gesicht er. Der leicht geöffnete Mund leuchtete rot, wie geschminkt. Zurückgeworfen waren die Arme, die Finger zu Fäusten gekrampft. Die verlorene Augenscheibe blinkte unter der Schulter hervor. Lailaps saß unbewegt bei ihm.

Süß tönte immer noch draußen der Sang der Sirene.

Ein Flaumfederchen hielt Smikros dem Verwandelten gegen die rot leuchtenden Lippen. Es bewegte sich nicht. Smikros wiederholte seinen Versuch und schüttelte schweigend den Kopf.

Da warf sich Kleis, die Herrin, auf ihr Gesicht und schlug mit den Händen den Boden. Reckte sich hoch, stieß kurze Schreie aus, hieb auf den Kopf sich und die entblößten Brüste, raufte ihr Haar, kratzte die Wangen und warf sich abermals nieder.

Auch Ada warf sich auf ihr Gesicht und schlug mit den Händen den Boden. Reckte sich hoch, stieß kurze Schreie aus, hieb auf den Kopf sich und die entblößten

Brüste, raufte ihr Haar, kratzte die Wangen und warf sich abermals nieder.

Sappho vollzog wie sie den grimmigen Klagegebrauch. Da löste auch Lailaps sich aus der Erstarrung, und hob seine Schnauze, hingebungsvoll heulend.

Drei schwarz vermummte Weiber erschienen im Hof, sie näherten sich, beschauten den Toten, befingerten ihn, und begannen ein schrilles Geschrei.

Sappho eilte davon. – 'Geophilus und den Schillerfalter, den rundäugigen Mond und die Sterne hat er so schön mir gezeigt. Sphärenmusik ließ er mich hören. – Gewiss, er war streng und hasste die Dummheit. Doch jetzt? – Nur schnell in die bergende Kammer!'

Ein Schatten glitt über sie hin. Es war die Sirene, die heimflog.

Bis der Vater gesalbt, in seinen weißen, mit apfelgrünen Sternen bestickten Chiton gehüllt und in der Säulenhalle aufgebahrt lag, immer noch glänzend schwarz mit rot leuchtenden Lippen, blieb Sappho verborgen. Der Fahrt zum Grab der Familie aber musste sie folgen, aschebestreut, das Haupt sich schlagend und klagend. Nanno und Mumu schlossen sich an mit den Brüdern. Hinter ihnen schritten die Herren vom Adelsrat, gestützt auf ihre langen Stäbe der Würde, Verwandte und Freunde, die Sklaven des Hauses. Schnappschnabel, Lampon und Lailaps beschlossen den Zug.

Der Leichenwagen, dem vier Rappen vorgespannt waren, schwankte, und der Verwandelte wurde kräftig bewegt.

Es schien, als suchte er unruhig das Himmelsgewölbe über sich ab. Balsamische Öle tropften vom Bahrtuch.

Am Scheiterhaufen sah Sappho, wie brennende Fackeln sich senkten zwischen die Scheite, sah, wie die Flammen die Grabbeigaben ergriffen, die Leier des Vaters darunter, und aus dem Arbeitszimmer der Thron. Sie sah, wie der Verwandelte sich abermals wandelte.

Die Seele des Vaters aber, so wusste es Sappho von Großmutter Ada, war schon über die Wiese mit den weiß blühenden Asphodelen zu den Gestaden des Acheron gelangt und von Charon, dem finsteren Fährmann, übergesetzt in die grausige Wohnung des Hades, wo nie mehr die Sonne erstrahlt.

DAS LEBEN GEHT WEITER

Die alte Ordnung im Hause zerfiel. Nur selten noch sah man die Mutter, und wenn man sie sah, war sie mit Simon zusammen, des Vaters jüngerem, stattlichen Bruder. Sie umarmten sich oft oder hielten einander die Hände.

„Weißt' …", sagte Nanno zu Sappho, „weißt', deine Mutter passt gar nicht schlecht zu ihm. Sie ist noch jung und er in den besten der Jahre."

Der Winter brach ein. Schwarze Stürme bliesen über

das Land. Die Gipfel der Berge bedeckten mit Schnee sich.

Die Mutter schaute nachdenklich in den Spiegel. Worüber sann sie, und was besprach sie mit Großmutter Ada beim langsamen Schreiten um den Altar?

Sappho wachte im Winkel der Säulenhalle und lauschte. „Ich seh' es wohl ein", hörte die Großmutter sie sagen. Von einem zweiten Leben sprach die Mutter zu ihr und von den Vorteilen, die eine größere Stadt biete. Mehr konnte die Lauscherin nicht vernehmen, denn der Wind brauste ums Haus und trockene Blätter stoben über den Hof.

Schwalbengezwitscher weckte die Mutter, als endlich der Winter vorbei war. Freudig blickte sie über das weite, spiegelglatt liegende Meer.

„Frühling, blumengeschmückter, heut' hast du dein Tor aufgetan!", jubelte sie, „ich habe dein Nahen vernommen ..."

Wo war Simon inzwischen?

Der Klopfring schlug gegen das Haustor. Lailaps knurrte, blieb aber an seinem Platz vor dem Arbeitszimmer des verwandelten Herrn.

Kleis eilte, das Haustor zu öffnen. – Simon stand vor ihr. Wortlos fiel Kleis ihm um den Hals.

Nun hielt sie den Spiegel nicht mehr. Sie verschloss sich mit Simon im Schlafgemach auf dem Dach.

Als einmal die beiden, in Gesprächen versunken, den Altar im Vorhof umschritten, wachte Sappho wieder im

Winkel der Säulenhalle und lauschte.

„Wird denn genügend Platz sein im Hause des Kamon?"
fragte Simon. Kamon war Sapphos Onkel, der Bruder
der Mutter.

„Und wie ist's mit den Sachen?"

„Sind nicht so viel. Ein Lehnstuhl, zwei kleine Bronze-
tischchen, drei, vier Truhen mit Wäsche und Silber, die
Kästchen, und was die Kinder und das Gesinde so brauchen ..."

„Und wen vom Gesinde gedenkst du mit dir zu nehmen?"

„Panope und Meda zunächst, und Nanno und Mumu,
Rhadine und Phila, ... nein, lieber Dotis und Photis –
und Bubu und Smikros. – Ach Simon, wie ich mich
sehne, der Enge von Eressos zu entkommen!"

„Ach Kleis, und wie ich mich freue auf dich und unsere
spätere Heirat!"

„So ist das also!" flüsterte Sappho. „So also soll das werden!"

Am Abend erzählte sie Nanno, was sie gehört. Nannos
Augen erglänzten: „Ich hab's gewusst, ich hab's ja
gewusst. Die beiden passen nicht schlecht zueinander.
Stattliche Männer vereinen sich gern mit kleineren
Frauen. Da heißt's also bald, Abschied zu nehmen von
hier. Wirst kennen lernen das Meer und die große Stadt
Mytilene!"

Ein vierschrötiger Mann in missfarbenem Mantel kam
ins Haus. Aus wettergegerbtem Gesicht blickten zwei
stechende Augen. Der Steuermann war es des Schiffes

nach Mytilene.

„Der Kahn liegt bereit", meldete er und schaute sich um. Nachdem er genügend gesehen, kratzte er sich im struppigen Haar, grüßte und stapfte davon.

Am nächsten Morgen kam er zurück, um zu sehen, was seine Reisegäste mitnehmen wollten und ob's nicht zu viel sei.

„Wo fangen wir an?"

„Im Herrensaal", meinte die Herrin.

Die Großmutter kam mit Sappho dazu: „Dürfen wir folgen?"

Mit Bubus Hilfe ließ sich die lang geschlossene Tür zum Herrensaal öffnen.

Simon hustete: „Viel Staub und Spinnengewebe!"

Sappho erinnerte sich, wie sie, von ihrer Botschaft erfüllt, einst in dem Saal stand, die schweigenden Zecher ansah, die Kampfschilde ringsum an den Wänden und die Leckereien auf den Tischen. Nun waren die Tische und Klinen staubig und leer.

Simon schaute sich um: „Hier ist nichts zu holen!"

Die Großmutter fasste am Arm ihn: „Ich glaube, die Polster und Kissen könnten, nachdem sie geklopft, im Schiff euch wohl nützen!"

„Recht hast du!"

Auch der Steuermann nickte.

Also nahm Bubu die bunt gemusterten Pfühle.

Die Türe zum Arbeitszimmer ließ leichter sich öffnen. Lailaps eilte hinein. Simon hustete: „Wieder viel Staub und Spinnengewebe!"

Kleis ergriff eine Schriftrolle: „Die werde ich an mich nehmen, sie enthält seine Gedichte. Die Berichte über das Landgut lassen wir dir, liebe Mutter, wie ja zugleich auch die Sorge ums Haus."

Lailaps fand in einer Ecke den Reisehut seines Herrn. Er schnappte ihn sich und trug ihn hinaus.

Die Vorratskammer. – Traurig sah Sappho sich um. – Verbrannt sind Kampfwagen und Waffen. – Auch der Krug mit dem Honig ist nicht mehr da.

Kleis wies auf die nachtschwarzen Truhen.

„Feine Gewänder enthalten die Truhen", erklärte die Großmutter Sappho, „meerpurpurne und safranfarbene Schleier, Schals und Haubenstoffe, hauchzart gewebt; kostbare Gürtel und Handtücher, glänzende Decken und frisches Linnen, alles fein sorgfältig zusammengefaltet."

Der Steuermann räusperte sich: „Na ja, schwer, schwer, aber na ja!"

„Dann gehen wir jetzt doch hinauf!"

Schon hatten Panope und Meda den edel geformten Lehnstuhl, die bronzenen Tischchen und die schön geglätteten Kästen zusammengestellt.

„Fehlt nur die Kiste noch mit dem Silber. Das Bett aber lassen wir hier."

Die Großmutter riet, noch im Frauenhof nachzusehen und im Wirtschaftshof, wegen den Sachen der Kinder, der Mägde und Knechte.

Sappho stapfte die Treppe hinunter. – 'Schwachköpfchen hat sie mich damals genannt.' – Mit einem Mal

rief sie: „Und Schnappschnabel, Lampon und Lailaps?"
„Die bleiben hier, der Großmutter zur Gesellschaft."
Am Abend vor der Abreise gingen Kleis und Simon, die Großmutter und Sappho noch einmal zum Grab. Kleis trug eine Kanne mit der Trankspende aus Wein, Milch und Eiern, die Großmutter einen flachen Korb, voller Opferbinden und Fläschchen, gefüllt mit duftendem Öl.

Eine mannshohe, schwarz glänzende Amphora krönte den Grabhügel. Die Mutter und Simon gossen die Trankspende hinein. Der Boden der Amphora war durchstoßen, damit die flüssigen Gaben zu dem Toten hinabsickern konnten. Ada und Sappho breiteten Opferbinden aus, verspritzten duftendes Öl und sprachen Gebete.

Auf dem Heimweg schaute sich Sappho noch einmal um nach dem Grabhügel und der mannshohen Amphora. Stand sie dort nicht wie ein Wächter? – Und hatte der Wächter sich nicht eben bewegt?

„Er hat uns gewunken! Ich habe genau es gesehen!"
Simon schaute schweigend ins Weite und Kleis murmelte: „Mir schien es auch so, als hätt' er gewunken!"

Hurtig durchschnitt der Segler die weindunkle Salzflut. Zwei Augen, wie Kampfschilde groß, leuchteten wachsam am Bug. Dem rechten Weg waren sie auf der Spur, feindliche Geister sollten sie bannen. Schäumend glitten die Wogen vorüber.

Im hochstrebenden Bug, dem Mast zugewandt, kniete Smikros. Nahebei hatten sich Bubu, Dotis und Photis niedergelassen. Am Mastbaum ruhten wie beim Symposion Kleis und Simon. Sie scherzten und genossen die Gabe des Weingotts. Zu ihren Füßen hatten mit Mischkrug und Kanne Panope und Meda sich niedergelassen. Hinter dem Mastbaum spielten Nanno und Mumu mit den Brüdern der Sappho. Wie Kleis und Simon, reisten auch sie auf einer der nachtschwarzen Truhen aus Eresos, bedeckt mit den Polstern des Herrensaals. Allein, wie Smikros im Bug, saß Sappho im Heck, welches in einem Schwanenkopf auslief, der sich über sie neigte. Im Schoß hielt sie das kleine tönerne Nilpferd. Die seitlichen Ausblicke waren ihr durch die Schiffsleiter verstellt und das mächtige Ruder, bei dem der Steuermann wachte. Die Wogen hoben Sappho, ließen sie sinken und hoben sie wieder. Wie das Schiff stiegen ihre Gedanken im Wechsel der Zukunft entgegen und neigten sich wieder Vergangenem zu. – 'Was wird geschehen? Was wird die neue Heimat mir bringen? – Wie geht es der Großmutter, Schnappschnabel, Lampon und Lailaps?' – Sie rief sich das schattige Musenheim ins

Gedächtnis, den Rosenstock und das knorrige Bett.
– 'Prächtig sei Mytilene, hatte Großmutter Ada gesagt,
eine Doppelstadt, teils auf felsiger Insel gebaut, teils auf
dem Festland. Dazwischen spanne sich eine Brücke, und
es gäbe zwei Häfen.' Sappho saß auf der alten Truhe aus
Sardes, dem Abschiedsgeschenk der Großmutter für sie.
'Die Schätze, die im Gedächtnis du mitnimmst, sind
kostbarer', hatte dazu sie gesagt.
„Na du!?"
Dieser Zuruf der Mumu riss Sappho aus ihren Gedan-
ken.
„Na du!? – So still und allein. Steckst wieder in tiefen
Gedanken?"
„Man muss nicht immer tief denken, wenn man einmal
allein ist und stillschweigt", entgegnete Nanno anstelle
der Sappho und maß die Phönikerin mit einem veräckt-
lichen Blick.
Sappho blickte über das Schiffsdeck. – 'Die Brüder, die
Mutter und Simon sind beieinander, doch ich bin
allein! – Müde werde ich langsam, so müde …'
Verschwebender Saitenklang drang an ihr Ohr. – 'Musi-
ziert eine Sirene oben im Takelwerk? – Sieh nur das
Flämmchen, das blasse, über dem Mastbaum! Jetzt fasst
es die Spitze des Mastes, wächst flackernd zur Flamme,
färbt rot sich und röter, schlängelt am Mast sich herunter, löst ab sich und schwebt auf mich zu!' – Die Flamme, sonst von keinem bemerkt, loderte auf und
wandelte sich in die Gestalt eines Jünglings, eines Knaben fast noch. Auf bloßen Füßen stand er, lichtbraun,

mit goldenem Haar, umschlungen von einem Mantel, rot wie die Flamme zuvor. An seiner Seite hing eine alte faltige Tasche. Er schaute Sappho an aus großen, dunkel umwimperten Augen mit honigfarbener Iris. Ein süßer Apfelduft ging von ihm aus.

„Wer bist du? – Vom Himmel scheinst du gekommen!"

„Sie nennen mich Phaon", sprach er mit lieblich gebrochener Stimme.

„Ich heiße Sappho und bin die Tochter des toten Herrn Skamandronymos."

Phaon setzte sich zu ihr. Er fragte: „Was hältst du denn da auf dem Schoß?"

„Ein kleines tönernes Nilpferd. Wenn man das Ohr daran hält, hört man Nilwasser rauschen oder das Meer. Willst du es hören?"

„Wollen erst schauen, was hier ist!"

Er zog die Tasche hervor, griff tief hinein und hielt eine Walnuss empor. Lockend lächelte Sappho er zu und knackte die Nuss mit den Zähnen. Geschickt teilte den Kern er und schob in den Mund ihr die Stücke. Manche der Bissen waren – o wonniger Schauder! – von Phaons Speichel benetzt. – 'Wie schön er ist! – Phaon! – Vom Himmel gekommen, im rotroten Mantel …'

'Wo bin ich?' … Sappho schaute sich um. – 'Wo ist das Meer und wo Phaon?' – Sie fand sich im Bett in dämmriger Kammer. – 'Meine Kammer in Eresos ist es und mein altes Bett! – Dann war alles nur Traum? – Vielleicht träume ich aber auch jetzt und sitze in Wahrheit an Deck und Phaon ist bei mir.'

Stimmen waren zu hören, Schritte, das Schlagen von Türen. Alles genau wie daheim, am Morgen, nach dem Erwachen. Sie legte die Decke um sich und ging hinaus. Derselbe Hof wie im Hause des Vaters.

Mit Körben beladen kam Nanno daher.

„Nanno, wo sind wir?"

„Seit gestern spät abends sind wir im Haus Onkel Kamons. Warst eingeschlafen im Schiff. Haben wir dich getragen, ohne dass du aufgewacht bist."

„Aber sieh doch: Der Walnussbaum, und die Pforte zum Vorhof. Genau wie daheim!"

Auch im Vorhof war's wie im Hause des Vaters: Die Säulenhalle und der Altar in der Mitte, im Mauerwinkel das Feigengebüsch. Es fehlte das 'Ding' nur. Vor der Türe zum Arbeitszimmer des Vaters hockte ein Hund, aber struppig und weiß, nicht glatt und nicht schwarz wie Lailaps. Das Haustor. – Auch dieses genau wie daheim. Aus der Stalltür neigte kein Lampon sein ausgemergeltes Haupt. – Leer war der Stall.

Verwirrt hastete Sappho zur Kammer zurück

„Was regst du dich auf!" rief Nanno ihr nach „In diesem Land sieht nun mal aus ein Haus wie das andere."

Simon brachte ihr einen eisernen Nagel und hielt einen Stein dazu in der Hand.

„Sieh, wie der Nagel sich dreht und den Stein – ein Magnetstein ist es – erregt anspringt! Voll Leben stecken Nagel und Stein. Könnten sie sonst einander begehren?

Ich schenke dir beides. Und merk dir: auch scheinbar Totes steckt immer voll Leben! – Götter sind überall!"

Weiter sprach er vom Ursprung der Dinge: Zuerst sei das Meer nur gewesen. Die Erde schwimme als Scheibe darauf, und alles Leben sei in der Salzflut entstanden. – „Aus Fischen hat der Mensch sich entwickelt!"

Der Onkel wusste wohl viel. – Mehr noch aber hatte sicher der Vater gewusst.

ZAUBEREI

Sie saß im Schatten der Säulenhalle, den schlafenden Larichos auf dem Schoß. Neben ihr hockte der Hund, der Methepon hieß. Charaxos ritt rastlos auf einem Steckenpferd um den Altar. Nur Bubu war bei den Brüdern und ihr. Die anderen waren gegangen, die Stadt anzuschauen.

Neben dem Feigengebüsch war ein leerer Henkelkorb stehen geblieben: 'Ein Korb ist es nur. – Aber man könnte ihn auch als ein Schiffchen betrachten, groß genug für Charaxos.'

Schnell überredete sie ihren Bruder, das Reiten zu lassen und mit dem Schiffchen zu fahren. Er saß noch nicht lang in dem Korb, da rief sie Bubu herbei: „Häng' diesen Korb mit Charaxos so hoch wie nur möglich im Walnussbaum auf!"

Bubu sagte „Nunuh", nahm den Korb mit dem jauchzenden Knaben und hängte im Frauenhof ihn, oben im Walnussbaum auf.

Sappho, gefolgt von Methepon, kam langsam nach, den schlafenden Larichos in den Armen. Charaxos genoss seine Seefahrt, hoch und im schaukelnden Korb. Aber als Bubu gegangen, begehrte er doch, hinuntergelassen zu werden.

„Wer will hinunter? Sollte Charaxos es sein? Den kann aber niemand mehr finden, ist er doch dort, wo er jetzt ist, nicht auf der Erde, nicht auf dem Meer und auch nicht im Himmel!"

Der Bruder versank in nachdenkliches Schweigen. Schließlich begriff er und begann durchdringend zu schreien. Bubu stürzte herbei.

„Hör, lieber Bubu," erklärte ihm Sappho, „vielleicht ist es Charaxos, der da so schreit. Den kann aber niemand mehr finden, ist er doch dort, wo er jetzt ist, nicht auf der Erde, nicht auf dem Meer und auch nicht im Himmel!"

Bubu dachte angestrengt nach, sagte „Nunuh" und nahm den Korb mit dem Schreihals herunter.

„Das hat sich Sappho erdacht!" rief der Befreite. „Die Böse wollte mich wegzaubern. Ich sag' es der Mutter! Auch Onkel Kamon werd' ich es melden und Simon."

DIE GROSSE WEITE WELT

Kamon kehrte aus Sardes zurück. Mitgebracht hatte für Sappho er ein Paar neue, echt lydische Schuhe, aus rotem, geschmeidigem Leder.

Die Mutter meinte: „Verdient hat sie's nicht. Du verwöhnst sie zu sehr, lieber Bruder!"

„Und dennoch gehören sie ihr! Schließlich ist sie kein ganz kleines Kind mehr!"

Nun durfte auch Sappho die Stadt mit Nanno besuchen.

„Wieder genau wie daheim!" sagte Sappho, als sie die steile Gasse hinabgingen.

Doch auf der breiten hölzernen Brücke zum Festland war alles ganz anders. – Die Brücke! – Schiffe und Kähne glitten unter ihr durch. Was für ein unruhiges Treiben auf ihr!

„Nur sag', liebe Nanno, was riecht hier so süß und so bitter zugleich?"

„Die Fülle des Lebens ist es, seine Ausdünstungen und seine Verwesung. Alles was lebt, muss einmal sterben und faulen. So wird neues Leben erst möglich."

Den Schillerfalter sah Sappho vor sich und den Kot, von dem er genascht hat mit rosigem Rüssel.

Lanzenträger marschierten heran. „Platz da!" brüllte einer von ihnen, und im Gleichschritt stampften sie über die Brücke. Aus ihren Helmen, die schwarze Büsche bekrönten, blickten sie wie aus Masken hervor. Bronzene Schienen umschlossen die Waden und über kurzen Leibröcken wölbten sich bronzene Panzer. Schilde mit schreckenden Bildern hielten sie an der Seite. Über den Schultern blitzten die Spitzen der Lanzen. Im Marschtakt bebten und schwangen die Waffen, die Schenkel und die knapp nur bedeckten Gemächte. So schritten die Krieger vorüber und ließen die Brücke erzittern.

Sappho: „Was haben sie vor?"

Nanno: „Für Ordnung sollen sie sorgen. Sind unruhige Zeiten!"

„Wahr gesprochen!" zischte ein älterer Mann neben ihnen. „Unruhige Zeiten! – Zeiten des Umbruchs!" Mit fahriger Hand wies er zum Gipfel der Insel: „Noch sitzt er dort oben, schickt seine Speerträger und zwingt uns. Aber es fragt sich, wie lang noch …"

Der Alte griff in die Falten seines Gewandes. Ein kleines Schmuckstück wohl zog er hervor. Es leuchtete silbern und golden zugleich. Eingeprägt waren seltsame Bilder. „Was ist das?"

„Ein Geldstück ist das, eine Münze. Und solche Münzen sollen die ganze Welt bald durchwandern und Handel und Wandel bestimmen. Neue Zeiten! – Zeiten des Umbruchs! – Unruhige Zeiten!" – Damit ging der Alte davon.

Sappho: „Wer sitzt denn dort oben und schickt seine Speeträger aus?"

Nanno: „Es ist der Kleanaktide Melanchros, Mytilenes Tyrann."

Von der Brücke aus blickten sie in den Kriegshafen im Norden und in den Handelshafen im Süden. Weithin reihten die Schiffe sich auf den Stränden. Hüben und drüben wurde gehämmert, gekratzt und gepinselt. Segel und Netze hingen zum Trocknen. Träger und Esel schleppten die Güter der Händler. Dazwischen drängten Reisende sich und müßige Gaffer. Tritonshörner riefen zur Abfahrt.

Am hohen Uferweg, auf der Landseite der Stadt, lagen Gasthäuser und Kneipen, Lagerhallen und Schiffsagenturen im Schmuck lockender Schilder. Neben einer von Perlenschnüren verhängten Tür, stand eine fremdartige Frau.

„Wie bunt ist sie gekleidet und wie lockend geschminkt!" flüsterte Sappho.

„Eine Dienerin Aphrodites ist es, die sich verkauft. Frage nicht weiter! Besichtigen wir lieber dort den Kiosk!"

Närrische Hüte und buntes Geschirr, Beutel, Bänder und glitzernde Ketten waren hier ausgestellt, Fliegenklappen und Spielzeug, lockend verpackte Duftelexiere und – Sonnenbrillen, auf Tafeln befestigt. Sonnenbrillen mit großen und kleinen, runden oder ovalen Augen, und solchen, die Schmetterlingsflügeln glichen. Sie blickten aus dunkelbraunen, rosigen, grünen und silbern spiegelnden Gläsern.

Sappho musterte sie: „Die mit den runden Gläsern gucken irgendwie keck, liebe Nanno. Manche scheinen zu lächeln, andere wieder bekümmert zu glotzen. Diese hier würde der Dienerin Aphrodites gut stehen. Sie schauen alle so leer in die Welt. Der Vater hätte gemeint, man könnte sie auch für die Dummheit als Gleichnis gebrauchen."

Die Agora! – Das weiträumige Gefilde war umstellt von Wandelhallen für die Begegnung der Bürger, von Geschäften und Werkstätten. Da hingen abgehäutete Hammel über blutigen Lachen. Auf Tischen lagen Haufen schillernder Fische.

„Sieh ihre Augen, die vielen, die toten", rief Sappho. „Erinnern sie nicht an die Brillen?"

In der Mitte des Platzes erhob sich das Grabmal eines Heroen. Das größte Gebäude war das Haus der Prytanen, das Rathaus, kastenförmig, mit wenigen hoch liegenden Fenstern, die heimlich Ausschau zu halten schienen nach dem Festungstopf oben. Vor dem Gebäude reihten sich bronzene Statuen von Göttern. Sappho erkannte darunter sogleich den weithin blickenden Gott der Ordnung, des Ebenmaßes und der Bestimmtheit.

Durchdringendes Quietschen störte ihre Betrachtung. Eine schöne, hochgewachsene Frau schritt vorüber. Sie war in einen braunen Mantel gehüllt. Das dunkle Haar trug sie nach hinten gekämmt und über dem Nacken zu einem Knoten gebunden. Sappho und Nanno folgten der Frau. Sie zog an zwei Schnüren ein Brett hinter sich her, groß wie der Sitz eines Stuhls. Darauf stand ein turbanbekrönter, lebendig blickender, menschlicher

Kopf. Auf einem Tuchhügel saß er und trug einen langen rostroten Bart, dessen Spitze sich zwischen den Rädern unter dem Brett – sie waren es, die so quietschten – zu verfangen drohte.

„Ob's eine Mutter ist mit ihrem Sohn?"

„Ein Ehepaar scheint es mir eher. Schöne Frauen haben oft dürftige Männer."

„Er erinnert mich an den Orpheuskopf in meinem Traum."

„Rotbart kommt! – Rotbart, der Märchenerzähler", jauchzte ein schmutziger Junge.

Neben dem Grab des Heroen blieb die Frau stehen und stieß die Schnüre unter das Rollbrett.

„Bis nachher!" Sie verließ den rotbärtigen Kopf.

Frauen, Kinder und Männer drängten sich um ihn. Er räusperte sich, schloss seine Augen, und mit beschwörender, die Vokale lang hinziehender Stimme entrückte er seine Hörer in eine andere unheimliche Welt, dorthin, wo die Sonne versinkt und die Quellen des Ozean liegen, wo sich in tiefen Wäldern der Eingang zum Hades auftut.

„Die Graien, drei Schwestern, grauhaarig und dennoch mit rosigen Wangen begabt, bewachen dort einen Weg, der zu den drei Gorgonen, den Schrecklichen, führt, ihren Schwestern", erzählte der Kopf. „Die wachsamen Graien besitzen zusammen ein Auge und einen Zahn nur. Das Auge ist weder ein linkes noch ist es ein rechtes, sondern ein eines. Inmitten der Stirn sitzt bei jeder die Höhle dafür. Der Zahn ist ein oberer Vorderzahn, lang und breit wie beim Pferd. Kleider brauchen sie nicht. Gegen Kälte, Regen und Wind schützen die Zelte sie ihres Haars. Wie ein Knäuel liegen sie beieinander und wachen. – Da hören sie fröhliches Pfeifen und feste Schritte sich nahen. Rasch gleitet das Auge von Hand zu Hand und von Augenhöhle zu Augenhöhle, damit jede einen Blick erhaschen kann von dem, was da nahte. – Ein nussbrauner Jüngling ist es, so stark und so schön. Das Haar trägt er kunstvoll geflochten. – 'Hum hum', machen die Grauen und lecken sich über die Lippen. Der Jüngling ist nackt, bis auf ein rotes Gehänge mit Krummschwert".

An dieser Stelle seiner Erzählung öffnete Rotbart plötzlich die Augen und schaute Sappho scharf an.

„Und er trägt einen silbernen Schild", fuhr er fort und schloss wieder die Augen, „so blank, dass Blitze er schießt. Perseus ist's, der da kommt, vom älteren Halbbruder gesandt, das Haupt der Medusa, der sterblichen der Gorgonen zu holen. Ein Auftrag, von dem der zu Haus Unerwünschte hoffentlich niemals zurückkehrt. Hermes schenkte dem Perseus ein Krummschwert, die Harpe, und er verriet ihm, das das Unmögliche doch möglich werde mit Hilfe von einem Paar Flügelschuhen, einer hundsledernen Tarnkappe und einer Umhängetasche, darin das abgeschlagene Haupt der Medusa zu bergen, heiligen Schätzen, die drei Waldnymphen hüten. Die Graien nur wüssten den Weg zu den Nymphen. Rascher gleitet das Auge von Hand zu Hand und von Augenhöhle zu Augenhöhle. Es wässert den Grauen der

Mund nach dem saftigen Heldenfleisch. Doch er ist ja so stark! Nur anstarren können im Wechsel sie ihn. Perseus lehnt seinen Schild hinter sich an den Baum, stellt breitbeinig sich auf, lässt die Muskeln spielen unter der glatten, salbenglänzenden Haut und fragt: „Wo geht es zu den Waldnymphen mit den Flügelschuhen, der hundsledernen Tarnkappe und der Umhängetasche?" Schneller gleitet das Auge von Hand zu Hand und von Augenhöhle zu Augenhöhle. Das Gierwasser rinnt den Grauen in wahren Bächen aus den Mundwinkeln. Im Schildrund spiegelt sich ihnen nun auch – 'Hum hum!' – des Heldenhinteren zwiefache Wonne.

„Wo geht es zu den drei Waldnymphen, frag ich?"

Die Grauen antworten nicht, sie wechseln nur ständig das Auge. Da greift der Held zu, und mit gerunzelten Brauen betrachtet das Graienauge er in der Hand. Lauwarm fühlt es sich an; hat die Form einer Birne. Die Beraubten heulen wie Wölfe. „Gib's wieder her! – „Gib's wieder her!" – Hilflos greifen sie um sich. Perseus schaut ihnen breit lächelnd zu, gutmütig und grausam zugleich. „Nein, nein, meine Lieben, ich will es erst einmal selber erproben!" – Doch wie? – Eine leere Augenhöhle besitzt er nicht und in den Mund möchte er es nicht stecken. Also bückt er sich, zieht eine Hinterbacke zur Seite und drückt das Auge hinein. Drückt tief genug es hinein – und kann sehen. „Allerliebst schaut ihr aus, ihr graurosigen drei, wirklich ganz allerliebst!" höhnt er und streckt ihnen den glotzenden Hintern entgegen. „Nur schade, dass ihr mich nicht seht!"

Nanno packte Sappho am Arm: „Es reicht! – Denk nur, wenn deine Großmutter, wüsste, was man hier dir erzählt!"

Hand in Hand gingen sie fort. Viel gab es noch immer zu sehen. Nur Phaon zeigte sich nicht. Am Ende erlaubte es Nanno, noch einmal kurz bei dem turbanbekrönten Kopf zu verweilen.

„Durch der Göttin Beistand gestärkt", erzählte er, „schwebt Perseus getragen von seinen Flügelschuhen zur Grotte, unsichtbar durch die Tarnkappe, für ihre furchtbaren Bewohner, für uns jedoch sichtbar. – Zwei Gesichter hat eben so manches Geschehen. – Bald hat erspiegelt sein Schild, im grün verhangenen Dämmern der Grotte, Medusa, die niemand ansehen konnte, ohne in Stein sich zu wandeln. Die beiden Schwestern, die man wohl ansehen konnte, sind nicht zugegen. Da liegt sie, die Gorgo Medusa, im Rundbild des Schildes, auf einem dicken zerschlissenen Polster. Der durch ein Kissen gestützte riesige Kopf hängt leicht hintüber und wendet dem Eingang sich zu. Geschlossen, die Augen. Giftige Schlangen umzüngeln die Fratze. Eberhauer biegen sich zwischen den leicht geöffneten Lippen hervor. Ungeschützt bietet der feiste Hals sich dar. Wie er pulst und sich bläht!"

An dieser Stelle seiner Erzählung öffnete der Erzähler plötzlich die Augen und schaute Sappho scharf an.

„Herangetreten also!", fuhr fort er und schloss seine Augen. „Die Kräfte der Götter spürt Perseus in seiner Hand, und in zünftig breitem Schlächterstand, immerfort den hochgehaltenen Schild im Blick, schlägt mit der Harpe rückwärts er zu, sieht das grause Haupt sich abkehren und fallen, sieht den Körper sich im Todeskrampf winden und das Blut in weiten Bögen stoßweise aus dem Halsstumpf spritzen, auch in das spiegelnde Schildrund."

Nanno rief: „Schluss jetzt, endgültig!"

Sappho: „Dem armen Orpheus ist doch dasselbe geschehen, und dem Märchenerzähler vielleicht auch."

Nanno: „Ach was, der ist eine Missgeburt nur. Komm endlich! Komm! – Gehen wir heim!"

Sappho blickte auf ihre Schuhe aus Lydien. – Rot sind sie wie das Schwertgehänge des Perseus und rot wie der Mantel des Phaon!"

DAMENBESUCH

Sie kamen im Wagen, auf Maultieren und mit der Sänfte: Glauke, Galene und Kymo, die Glänzenden, Psamathe und Neso, die Liebenswürdigen, Dynamene und Ianassa, die Ausgelassenen und Doris, die Herbe aus Sparta. Sie trugen langfließende, bunt bestickte Chitone und wussten sie zierlich gegen den Knöchel zu ziehen. Doris umhüllte ein strengliniger Peplos.

Kleis, Veilchen am Busen, empfing die neu gewonnenen Freundinnen im Vorhof. Die Schönen verneigten sich artig vor ihr und überreichten niedlich verpackte Geschenke.

'Blechschüsseln' nannte Sappho die Damen. Der Vater hätte im Haus sie niemals geduldet. Doch Kamon, der wieder nach Sardes gereist war, gönnte der Schwester jede Zerstreuung. Sappho beobachtete den Besuch aus dem Feigengebüsch. Methepon wachte bei ihr.

„Ach, wie bezaubernd!" rief Kleis beim Auspacken der Geschenke. „Entzückend!"

Eine besondere Gabe überreichte die ausgelassene Ianassa:

„Aber du darfst erst später auspacken!"

„Wie schön der Chiton von den Schultern dir fließt!" schmeichelte Neso der glänzenden Kymo.

Bewundernd blickte Psamathe auf die Füße der Glauke: „Purpurne Schuhe trägst du wie Lyder kunstreich sie machen!"

„Herrliche Ohrringe, Ianassa!"

„Sind es milesische?"

„Deines Gürtels buntes Gewirk ist wahrhaft bestrickend!"

Kleis blickte suchend herum und rief: "Sappho, wo bist du? – Komm her!"

Das Feigenblattwerk im Mauerwinkel rauschte. Die Zweige teilten sich, und die Gerufene trat, einer Baumnymphe gleichend, hervor, gefolgt von Methepon.

„Sie ist mein Liebstes! Ich nähme nicht Lydiens Gold noch unser herrliches Lesbos, müsste als Preis dafür ich sie geben. – Die Süße mag uns jetzt etwas zur Hand

gehen! – Ist ja kein Kind mehr, mein Kindchen!"
Nach der Begrüßung wogten die Damen den Gaumengenüssen entgegen, die ihrer auf reizenden Tischen im Frauenhof harrten. Stühle standen dabei. Aus bronzenem Becken stieg der Rauch edler Hölzer empor.

„Nun lasst euch nieder, ihr Lieben, und freut und erquickt euch!"
Panope und Meda reichten duftige Kränze. Die Freundinnen drückten sie jauchzend ins Haar.

„Wen Kränze schmücken, den liebt Aphrodite, und freundlich sind die Chariten gesonnen."
Ein Körbchen mit Riechblüten trug Sappho herum. Methepon zog sich zurück in den Vorhof.

Die Damen tauschten Geheimnisse aus, lachten und schwatzten über den Haushalt und ihre Männer, auch über ihn in der Festung dort oben. Sie führten die Blüten zur Nase, knabberten, leckten und lutschten.

„Nun trinket vom Wein, der wie Honig so süß! – Trinkt, liebe Freundinnen, trinkt und freut euch des Lebens! – Noch habt ihr Teil an der Jugend."
Panope und Meda neigten die Kannen.

'So war die Mutter in Eresos nicht', sagte sich Sappho und bot frische Riechblüten an.

Die Gespräche über den Alltag wichen Gesängen zum Klange der Leier. Bald schallten Klappern dazu und ein Tympanon dröhnte. Der Wein begann, seine Wirkung zu tun.

Die Glänzenden erhoben zum Tanz sich, die Liebenswürdigen folgten. Wilder wurden die Tänze. Erschöpft setzten sie sich und übernahmen das Tympanon und die Klappern. Nun flogen die Ausgelassenen zum Tanz. Die Köpfe bogen im Wirbel verzückt sie zurück.

„Schön ist das Leben, doch bald nahen Alter und Tod!" tat Kleis kund. „Und der Tot ist ein Grauen! – Die unsterblichen Götter haben es so gefügt. Müssten sie selbst sterben, wäre der Tod gewiss etwas Schönes."

Vorbei war die Tanzlust. Die Musik schwieg. Den Glänzenden rannen Tränen über die Wangen. Doris nahm eine Feige. Ianassa bemerkte es wohl. Sie lächelte unter den Tränen und drohte der Herben mit winkendem Finger. Jetzt mussten die anderen auch lächeln. Sie gurrten und kicherten endlich, umarmten und küssten einander.

„Nun sind wir so weit, liebe Kleis," rief Ianassa. „Pack aus! – Zeig, was ich dir mitgebracht habe!"

Die Freundinnen drängten sich um die Beschenkte. Hastig öffnete sie die Verpackung. Die Hülle fiel, und im Schoß reckte sich lang, ein leicht gebogener ziegenlederner Knüppel, vorn endend in einer dicken schräg abgerundeten Spitze, hinten mit Zaumzeug versehen, wie das Steckenpferd des Charaxos. – Das also war es! – Ein Lustgerät, ein Olisbos.

Die Freundinnen schwirrten kreischend davon und trippelten lüstern zurück.

„Mir, mir!"

„Nein mir!"

„O bitte uns beiden!"

„Öl müssen wir haben, glänzendes goldenes Öl!"

Psamathe und Neso hoben die Säume ihrer Gewänder, Ianassa entkleidete sich.

'Die Liebe, sie hat wohl viele Gesichter', dachte Sappho und stahl sich davon.

ER

Die Sonne versank. Ihr scheidender Glanz vergoldete Berge und Felder, blinkte im Wasser und spiegelte sich in den Augen eines Fernglases, das Ausschau hielt über die Stadt.

'Macht's euch dort unten nur schön, feiert, schließt euch zusammen, liebet einander! – Ich brauch' eure Freundschaft mitnichten, müsst nur aufschauen zu mir!'

Das Fernglas wurde vom Auge genommen, und der Beobachter setzte den Rundgang fort auf der Mauerkrone, in windiger Höhe. Ein Bein nachziehend schritt er dahin. Seine Gestalt umhüllte ein langer lederner Mantel. Den Kopf, den eine Schildmütze bedeckte, hielt leicht er empor, sodass sein kräftiges Kinn noch kräftiger vorsprang. Tiefe Furchen lagen um den schmallippigen Mund.

Wer machte dort oben die Runde? – Der Kleanaktide Melanchros, der Herr Mytilenes. – Er hob das Fernglas wieder ans Auge. Doch sah er jetzt nicht die Dächer von Mytilene, sondern die Werke vor sich, die noch zu schaffen es galt: Den neuen Tempel, himmelhoch wie in Ägypten, eine zweite Brücke zwischen Landstadt und Insel, längere Dämme. – Die Stellungen an der Mündung der Dardanellen sind auszubauen. Am Nil müsste man seinen Einfluss verstärken …

Der Einsame nahm das Fernglas vom Auge. – ‚Unbändiger Wille steht hinter den Werken, und Werke erst tragen die Macht. Ruhm und Unsterblichkeit folgen nur ihnen …'

Eine zwitschernde Stimme grüßte den Herrscher. Der schwarzgelbe, spitzschnablige Vogel war's wieder. Er grüßte und krächzte ein Ströphchen, das einer der Edeltrefflichen unten sich ausgedacht hatte:

„Hoch in der Burg brütet der Große. Bleich das Gesicht, rot seine Nase. Furcht macht ihn bleich, Wein rötet die Nase. Ungemischt schöpft er ihn schon am Morgen allein aus dem Fass. Melanchros heißt der Erhabne."

So krächzte der Vogel, knickste und stürzte sich in die Tiefe.

„Die lachhaften Zwerge dort unten!" zischte der Herr Mytilenes und presste die Hand auf die Brüstung der Mauer. „Ich werde sie alle zertreten!" Mit einem Ruck hob er das Kinn und schritt weiter. – 'Ans Volk muss man sich halten, an die Kleinen, die wackeren Kleinen. Sie müssen es sein oder ganz Große, die längst ihre Kämpfe gewonnen, sei's ein Thrasybulos in Milet, sei's Periandros im fernen Korinth. – Es funkeln schon Sterne. Zu sein wie ihr! – Weiser der Zeiten, Wegführer auf unsicherer Salzflut. Zu sein wie ihr! – Die Künstler wünschen seit alters dasselbe. Sie gleichen in vielem den Herrschern.'

Melanchros schritt weiter. Bald war ihm, als rasselten Waffen. Er blieb stehen und lauschte. – 'Vielleicht sind es die künftigen Mörder, gedungen von jenen Zwergen dort unten, oder von Myrsilos gar, meinem Vetter. Wie sie im Badegewölbe jubelnd das Netz über mich werfen. Wie ich vergeblich versuche, mich aus den Maschen zu lösen, während sie zustechen. Dahin strömt mein Blut, mit seifigem Wasser vermischt. – Genug jetzt davon! – Will lieber den Ungemischten genießen aus Samos. – Hinunter denn auch zu dem liebreizenden Knaben!'

SYMPOSION

Neun Edeltreffliche ruhten entlang der mit Kampfschilden geschmückten Wände des festlich beleuchteten Saales. Über den Schilden ringsum blinkten Helme, eherne Rüstungen, Panzerhemden aus Leinen und scharfe chalkidische Schwerter.

Kamon, der Hausherr, von seinen Gästen zum Symposiarchen gewählt, lag auf dem Speisebett rechts an der Rückwand. Der Wohlbeleibte war in einen safrangelben Chiton gehüllt. Eine Frauenhaube bedeckte den Kopf. Die Wangen glänzten geschminkt.

Zur Linken des Symposiarchen streckte sich Simon, sein

Vetter, vereint mit der schönbusigen Hetäre Byssa.

Daneben ruhte Etarchos, der Bruder des Kamon. Ein safrangelber Chiton und eine Frauenhaube zierten auch ihn.

Auf den Klinen entlang der seitlichen Wände lagen der prahlerische Eumenos mit der zarten Hetäre Ambrosia, der laute Kleanthes mit der Hetäre Poris der Unersättlichen, der empfindsame Ekrytos mit dem schönen Antimenide. Dort ruhte Pittakos auch, der Reiche aus Thrakien mit Alkaios, dem jüngeren Sohn des Kleanthes. Als Mundschenk wartete Philippos auf, der ältere Sohn des Kleanthes. Sappho stand ihm als Helferin bei.

Das Mahl war genossen, und auf den Tischen vor jeder Kline lockten als Beikost zum Wein Kuchen und Kringel, Mastixwürfel aus Chios, Feigen und Nüsse.

Sappho bekränzte die Häupter der Gäste.

„Wie wohl tut ein Kranz jetzt aus kühlenden Blättern, durchflochten mit heilenden Blüten!", rief Simon, den Sappho am Anfang bedachte.

Duftende Salben reichte der Schenkknabe.

Ekrytos seufzte: „Nur zu, holder Knabe, gieße mir Balsam aufs Haupt, das schon so manchen Kummer ertragen!"

Der Symposiarch blickte zur rauchgeschwärzten Balkendecke empor und eröffnete das Gelage mit den festlichen Worten: „Nach reichlichem Mahl ist nun der Boden gefegt und frisches Wasser über die Hände gegossen. Weihrauch steigt heiligend auf. Blinkend warten die Schalen, der Mischkrug steht randvoll bereit. Bitten die Götter um Glück wir und gute Gedanken!"

Aus silbernem Horn goss er die Weinspende aus. „Nun trinket mit Freude!"

Der Schenkknabe eilte. Sappho schöpfte den Wein ihm aus der Tiefe des Mischkrugs. Wenn's an der Zeit, streute sie Weihrauch, Myrrhe und Zimt in die Glut auf dem blumengeschmückten heiligen Herd in der Mitte des Raumes.

Den Glanz der Vergangenheit rühmten die Freunde und gedachten der Ahnen.

„Die Herrlichen überstrahlten das Volk wie edele Rosse die Herde des weidenden Viehs", begann lautstark Kleanthes.

Antimenidas: „Auf ihren Gütern jagten den eilenden Hirsch sie, den Wolf und den trotzigen Bären."

Eumenos, seine Schale erhebend: „Siegreich lenkten sie die Gespanne. Meister waren sie in der Kunde der Waffen und zogen, Land und Volk zu bewahren, zum Kampf."

Etarchos: „Städte gründeten sie in der Ferne, erbeuteten reiche phönikische Schiffe."

Simon: „Und sie übten sich auch in der musischen Kunst, schlugen die Saiten der Leier und schufen unvergessliche Verse."

Ekrytos: „Nun aber umfängt sie das Dunkel des Hades."

Kleanthes: „Und doch leben sie weiter und stehen an unserer Seite im Kampf gegen den machtgierigen Pöbel und den Alleinherrscher oben."

Pittakos hob mahnend die Hand. „Gleich wie die Blätter im Wald", sagte er, „wechseln die Menschengeschlechter:

Im Herbst weht die einen zur Erde der Wind, andere knospen im Frühling heran. Ewigem Wechsel beugen zugleich sich die Macht und die Herrschaft."

Beinahe flüsternd und zu sich selber sprechend fügte hinzu er: „Gedenket der richtigen Zeit!"

Simon: „Wohl kämpfen wir um die Herrschaft der edlen Fami-lien, doch fern liegt der Wille, allein über andre zu herrschen."

Kleanthes: „Wie es den Kleanaktiden erfüllt, den Schmeichler des Pöbels."

Ekrytos: „Die heilige Ordnung zerstört er."

Eumenos: „Noch schwelt im Holze der Brand, noch steigt nur Rauch auf, bevor die Flamme lodert zum Himmel."

Kleanthes: „Mächtige Wogen rollen heran. Uns aber treibt es im Sturm dahin auf schwärzlichem Schiff. – Das Staatsschiff mein' ich damit! – Die Wellen schlagen schon über Bord, in Fetzen flattert das Segel. Es greift nicht der Anker. Wir müssen eisern uns mühen. Zu schöpfen gilt es, und immer schwerer müssen wir kämpfen. Was einer wert ist, kann jetzt er beweisen!"

Im Chor schworen die Zecher: „Dass einer nur Herr ist, dulden wir nicht! Nieder mit dem Tyrannen!"

„Drum werfen wir endlich die Brust in die Schlacht. – Lasst unser Werk jetzt verrichten die Tränen bringenden Schwerter!" rief der laute Kleanthes.

Pittakos hob noch einmal mahnend die Hand: „Alles zu seiner Zeit!" sagte er.

Schweigen senkte sich über die Zecher, bis Kamon das

silberne Horn hob und sprach: „Die eifernden Reden beschwören viel Unheil. Indessen, uns schenkten die Götter nicht nur die Sorgen, sondern auch Lieder. Drum singen wir jetzt und rühren die Saiten!"

Der junge Alkaios griff als erster zur Leier, hob an, ein Lied zu singen auf die Schildkröte, das Kind der Klippen und der weindunklen See. Hat sie zum Schall doch den Panzer der Leier gegeben. „Wen bezauberst du nicht, wenn sie dich hören, du göttliche Leier", sang er, „im Frühling zumal, wenn alles sprießt und der Rebstock erblüht."

Nach ihm ließ Simon die Leier sich reichen und sang vom unsterblichen Eros, dem Urmächtigen, Zeugenden, der beim Werden der Welt zuerst mit der breitbrüstigen Gaia und dem dunstigen Tartaros dem Chaos entstiegen.

Auch Eumenos sang über Eros, den schönsten im Kreise der Götter, von Blumen, die niemand gezählt, überhäuft. „Glieder lösend bezwingt er den Sinn der Götter und Menschen. Er hindert alles planende Denken."

„Du strahlender, liebreizend lächelnder Eros", sang Ekrytos voller Gefühl, dem schönen Antimenidas tief in die Augen blickend, „und doch der Schrecklichste unter den Göttern. Verführer du, der du selbst niemals geliebt hast!"

Wieder hob Kamon das silberne Horn: „Trinkt Brüder! Schenkten die Götter uns doch, damit wir die Sorgen vergessen, auch Trauben."

Sie tranken und dankten dem Weingott für seine Gabe.

Kamon fragte die Zecher: „Was nun, meine Freunde?"

Niemand hörte ihm zu. Da antwortete er selbst mit durchdringender Stimme: „Zeit ist's zum Komos. Drum, liebe Schwestern, spielt auf uns zum Tanz!"

Bereitwillig glitten die Hetären aus dem Arm ihrer Freunde. Sie griffen zum doppelrohrigen Aulos, zum Tympanon und den Klappern.

Da verließen alle die Klinen und tanzten im Reigen rund um den Herd zu den aufpeitschenden Klängen phrygischer Tonart. Es wehten die safrangelben Gewänder, die Haube des Kamon entflog. Der schöne Antimenidas warf seine Kleider davon und schlug sich im Wechsel das nackte Gesäß und die Schenkel.

Vergessen waren einstweilen die scharfen chalkidischen Schwerter.

EIN MANN MIT GELD

Die Hochzeit von Simon und Kleis wurde im Frühling gefeiert, nicht im Winter, wie es der Brauch war. Unverschleiert und ohne die Scheu jüngerer Bräute trat Kleis unter die Gäste und wurde mit einem kostbaren Halsschmuck beschenkt. Den Festzug zum Hause des Simon begleitete Sappho mit lodernder Fackel und tanzte und sang bis zum Morgengrauen mit den Freunden vor dem Hochzeitsgemach.

Sie lebten nun alle im Hause des Simon, das dem des Kamon und dem in Eresos glich.

Poias, der Dienstknabe aus Eresos, stand eines Tages vorm Tor, von der Großmutter geschickt, ein Geschenk für Sappho zu bringen.

Die Beschenkte schlang ihre Arme um das Paket und zog sich zurück in die Kammer. Auf den Bettrand setzte sie sich und öffnete die Umhüllung. – Was hatte die Großmutter geschickt? – Eine Schildkrötenleier! – Eine echte schwer wiegende Schildkrötenleier. Mit sieben Saiten war sie bespannt. Sappho küsste das kostbare Gerät. Verträumt streifte sie über die Saiten. – Horch nur, schon tönt sie!

Eifrig begann sie zu üben. Erst in der Kammer, später im Hof. Getrieben vom Willen, der Mutter im Spiele zu gleichen und dem Alkaios: „Glänzen möcht' ich mit dir, du göttliche Leier, bezaubern und herrschen!"

Ein Mann, den Sappho nicht kannte, kam in den Hof. Er lauschte versonnen dem Spiel auf der Leier. Kerkylas hieß der Besucher, Kaufherr aus Andros und in Geschäften gekommen zu Simon. Der Handelsmann war bezaubert von der fremdartigen Tochter des Hauses. Er liebte die Kunst der Musik, obgleich er sie selbst nicht auszuüben verstand.

Kleis zu Simon nächtens im Bett: „Ein Mann vielleicht für unsere Sappho."

Simon: „Ein tüchtiger Mann, und einer mit Geld. In unseren Tagen zählen nur Männer mit Geld!"

Kleis: „Es ist an der Zeit, Sappho vorzubereiten zur Ehe.

In eine gute Mädchenschule muss sie geschickt werden. Ich denke da an die Anstalt der alten Aigialeia in Pyrrha. Dort wurde auch ich vorbereitet. Aigialeia, weißt du, ist eine Tochter des Dichters Lesches von Pyrrha."

AIGIALEIA UND DAS SCHULHAUS

Sappho, begleitet von Nanno, von Smikros und Bubu, reiste zur Meisterin Aigialeia. Von den Wogen sanft nur geschaukelt, saß sie im bauchigen Segler auf der alten sardischen Truhe. In dieser ruhte auch zwischen Gewändern und Tüchern, Duftöl und Spiegel die göttliche Leier.

'Ob Phaon vielleicht noch einmal erscheint?' fragte sich Sappho wieder und wieder.

Gegen Abend glitt das Schiff in den Golf von Pyrrha, der Lesbos teilt wie der Einschnitt das Blatt eines Gingkos.

„Es scheint mir hier etwas öde zu sein!" murmelte Nanno, als sie die dicht aneinandergedrängten bescheidenen Häuser von Pyrrha erblickte und die wenigen Boote am Strand.

Knirschend fuhr das Schiff auf. Gaffer sammelten sich. Sie bestaunten die Fremden, besonders den riesigen Bubu mit der Truhe der Sappho. Sie lachten über den kleinen Ägypter. Er hielt über das Mädchen den Schirm, obgleich die Sonne schon sank. Die Neugierigen folgten den Fremden zur Anstalt der Meisterin Aigialeia.

Ein trutziger Bau war das Schulhaus; aus schweren Eichenbohlen die Türe gefügt. Durch ein Sprechgitter bat Nanno um Einlass. Die Türe öffnete sich. Eine Ehrfurcht gebietende alte Frau trat heraus: die Meisterin Aigialeia. Welke Lider verhängten die schwarzen, streng blickenden Augen. Sie war in einen grauen Ärmelchiton gehüllt und trug eine graue, eng anliegende Haube. Ein Bote aus Mytilene hatte vor wenigen Tagen die Ankunft der Sappho gemeldet.

„Willkommen! – Die künftige Schülerin, wie eine Fürstin beschirmt, führt ja ein großes Gefolge mit sich!"

Auf diese Worte der Meisterin hin wichen die Gaffer zurück. Smikros raffte den Sonnenschirm an sich und schloss ihn.

„Eigentlich dürfen nur Schülerinnen in dieses Haus, das heilig ist, eintreten. Der Große kann aber die Truhe hineintragen. Hilfslehrerin Kokkaline weist ihm den Weg."

Die Hilfslehrerin trat hinter Aigialeia hervor. Kleiner als ihre Herrin, war auch sie in einen grauen Ärmelchiton gehüllt und trug eine graue, eng anliegende Haube.

Bubu, die Truhe von seiner Schulter gehoben, musste sich bücken, um in das Haus zu gelangen.

„Kurz sei immer der Abschied, pflegte mein Vater zu sagen", fuhr die Meisterin fort.

„Lesches, der Dichter", fügte Sappho vorlaut hinzu.

„Kokkaline wird die Begleitung der künftigen Schülerin zur Herberge führen am Hafen. Und du", die Meisterin blickte auf Sappho, „du reichst jetzt den Deinen zum Abschied die Hand!"

Nanno umarmte Sappho laut schluchzend: „Wirst lange Zeit nicht sein bei uns!"

Smikros überreichte ihr eine Büchse. Sie enthielt jene heilsame Paste, an deren Geschmack sich Sappho sehr wohl erinnerte.

„Für alle Fälle!", meinte der kleine Ägypter.

„Nunuh", sagte Bubu und rollte die Augen.

Sappho folgte der Meisterin in das Schulhaus. Ein Hof tat sich auf, von hölzernen Säulenhallen umgeben. Hinter den Säulen webte schon Dunkel, aber man konnte noch Türen erkennen und einen offenen Raum, in dem zwischen zwei Bänken ein langer Tisch stand mit einem Thronsitz am Ende.

„Unser Esstisch", erklärte die Meisterin. „Dort drüben siehst du den Schrein Aphrodites. Die Schülerinnen haben sich jetzt in ihre Gemächer begeben, um sich zum Abendmahl vorzubereiten. Drei Zimmer werden von immer drei Schülerinnen bewohnt. Du, meine Tochter, wirst das Westzimmer – hier ist die Tür – mit Meline und Meta bewohnen. Zwei liebe, lustige Schwestern aus Assos, drüben vom Festland. Geh nur hinein; deine Truhe steht schon bereit. Bald wird zum Abendmahle geläutet."

Sappho klopfte an die ihr zugewiesene Tür. Gellende Stimmen baten herein. Zaghaft öffnete sie die Tür und erstarrte: Philinna und Melissa, die Nachbarskinder aus Eresos, standen ihr gegenüber! – Aber die Nachbarskinder waren es nicht; sie ähnelten ihnen nur zum Verwechseln. Schwarzes Haar hatte die eine, blondes die andere. Zu lockendem Lächeln waren die Lippen geschürzt. Die Augen der Schwarzen schimmerten goldbraun, die der Blonden zyanblau.

„Ich heiße Meta!" rief das Ebenbild von Philinna. „Und ich heiße Meline!" rief das Ebenbild von Melissa. Beide drückten der zurückweichenden Sappho einen Kuss auf die Wange.

„Sappho bin ich, aus Mytilene. Ich soll dieses Zimmer hier mit euch teilen."

„Das freut uns! – Geschwister sind wir und kommen aus Assos."

„Seit heute Mittag sind wir in Pyrrha."

„Willst meinen Spiegel du haben?"

„Oder vielleicht meinen Kamm? – Hast ja noch nicht deine Truhe geöffnet.

Abweisend kniff Sappho die Augen zusammen: "O, das geht rasch! – Nein, seid bedankt, ich nehme lieber die eigenen Sachen."

Öllämpchen leuchteten über den Tisch. Zwei kleine verkrümmte Sklavinnen standen zum Dienste bereit. Die Meisterin, vor ihrem Thronsitz stehend, empfing die Schülerinnen und sprach: „Mit Sappho, soeben aus Mytilene gekommen, sind wir nun vollzählig. Sie teilt sich das Zimmer mit den Schwestern Meline und Meta. Wir werden bei Tisch eine feste Ordnung einhalten: Auf der Bank, mir zur Linken, sitzt, wie gewohnt, Hilfslehrerin Kokkaline. Sie wird das Schreiben euch lehren und

Lesen und Rechnen. Neben ihr lassen Meline, Sappho, Meta und Nanis sich nieder, gegenüber Hippomedusa und Gorge, Eudore, Podarke und Chloris. – Wir wollen nun beten zur goldthronenden Aphrodite!"

Die Meisterin streckte die Hände aus gegen den schrankförmigen heiligen Schrein. Sie pries die blütenschöne, unsterbliche Göttin und bat sie, ihr und den neuen Schülerinnen hilfreich zur Seite zu stehen.

„Setzen wir uns! – Der Tisch ist bescheiden bestellt, denn ‚wir wollen ja lernen dahier und nicht schlemmen', wie es ein Vers meines Vaters besagt. Greift dennoch zu, ihr edelgeborenen Schönen, die ihr in diesem heiligen Haus erst zur wahren Schönheit gelangt!"

'Endlich schlafen sie, die Geschwister! – Schwer nur kann ich mich ihrer erwehren. Einfältig sind sie und dumm, und gegen die Dummen und Einfältigen ist man leicht wehrlos. Jetzt schnarcht die eine auch noch! – Wie angenehm war es zuhause allein! – Die schöne Eudore hat mich bislang nicht ein einziges Mal angeschaut und sitzt mir beim Essen doch gegenüber. Die schielende Hippomedusa am unteren Ende des Tisches, die freilich blickte freundschaftlich mich an! – Ach, wie allein ich mich fühle, ach, wie allein … Ich habe nur meine Truhe und die göttliche Leier … Die einfältigen Schwestern sind nicht allein, auch die Meisterin ist es nicht. Sie hat die Schülerinnen und die Hilfslehrerin Kokkaline … Alt ist sie aber und ich fürchte mich vor dem Alter. Es wird uns alle einmal erfassen, auch mich, ja, auch mich, wenn ich … vorher … nicht …' – Sappho sank in die Arme des Schlafes. Im Traum erschien ihr das Alter, das eigene Alter. – Weiß ist das Haar und runzlig die Wangen. Mühsam nur kann sie noch gehen. Der Weg führt hinunter zur Küste. Nebel schweben über den glatt liegenden Wassern. Dort liegt ein kleines, halb auf den Strand gezogenes Boot. Auf der Ruderbank sitzt abgewandt ein einsamer Mann. Einen roten Mantel trägt er. Sie tritt näher, und der Mann dreht sich um. Zu ihrem Schrecken und seligem Staunen erkennt sie Phaon in ihm. Alt ist er geworden wie sie. Nun, denkt sie, 'nun bin ich nicht mehr allein.' „Ich habe schon lang dich erwartet!" sagt Phaon. „Und ich habe schon lange nach dir gesucht!" entgegnet sie ihm. Zahllose Sperlinge schwirren herbei, und ein Weib, eine Greisin wie sie, stellt sich an ihre Seite. Mit kräftiger Stimme ruft sie: „Nein, ich habe schon lange nach ihm gesucht. – Du bist doch der Seemann, der Alte und Arme ins Boot nimmt und sie rudert, wohin auch immer sie mögen, ohne Lohn dafür zu verlangen. Auch ich möchte jetzt mit dir fahren!" – „Dann komm!" antwortet Phaon, schiebt das Boot vom sandigen Strand, steigt mit der Alten hinein, ruft unbekümmert: „Ich bin bald wieder da!" und rudert davon. „Ich werde warten!" sagt sie und lässt auf einem Felsblock sich nieder. Dem Boot, das die Sperlinge begleiten, schaut sehnsüchtig sie nach, bis es im Nebel verschwindet. Bei seiner Rückkehr ist der Bootsmann zu ihrer Freude allein, das alte Weib und die Sperlinge sind verschwunden. Er kommt auf sie zu, aber nicht als ein Alter, sondern als strahlender Jüngling, ein Knabe fast noch. „Kein greises Weib war mein Gast", so erzählt er, „sondern die goldthronende Aphrodite. Sie wollte wohl prüfen, ob ich sie ohne Löhnung hinausfuhr und hat zum Dank für die Freifahrt die Jugend mir wiedergegeben." – Da ruft sie verzweifelt: „Mir tat sie das Wunder zum Tort! – Jetzt kann ich dich nicht mehr suchen, aber den Tod …" Sappho erwachte mit heftig klopfendem Herz: 'Was für ein garstiger Traum!' sagte sie sich. 'Den Göttern sei dank, dass ich so jung noch bin wie der verwandelte Phaon!'

BLUMENKUNDE

„Wurden die Blumen gebracht?" fragte die Meisterin nach dem Frühstück. – Die Sklavinnen nickten.
„Und habt ihr die Halme und Fäden zum Aufbinden gerichtet?"
„Auch dies ist geschehen!"
„Liegen die Nadeln und Messerchen richtig am Ort?"
„Sie liegen bereit!"
„Dann hindert uns nichts, an die Arbeit zu gehen!"
Kokkaline hob den Blumenkorb auf einen Tisch im schattigen Winkel des Hofes. – Welch eine Fülle duftender, taufrischer Blüten und schwellenden Blattgrüns!
Die Meisterin sprach: „Was blumengeziert, das lieben

die holden Chariten und die heilige Aphrodite! Aber der Blick der Unsterblichen wendet sich ab, wenn ihnen unbekränzt jemand naht! – ‚Den Bienen müsst ihr es gleichtun: Sucht Blumen, schmückt euch damit, und leuchtet zur Freude der Götter selber wie Blumen!' Mit diesem Wort meines Vaters möchte den ersten Teil unseres Unterrichts ich eröffnen. Der Blumenkunde gilt er und der Kunst, Kranz und Girlande zu winden!"

Die Meisterin griff in den Korb: „Was halte ich hier?"

Die schöne Eudore: „Hyazinthen sind es mit purpurnen Blüten, wie am Berghang sie wachsen!"

Die Meisterin: „Und was halte ich hier?"

Die Schwestern aus Assos:

„Veilchen zweierlei Art; sie duften gar zart!"

Die Meisterin: „Was aber zeige ich jetzt?"

Die schöne Chloris: „Lilien sind es, die reinen, vom Felde, königlich duftend!"

Die Meisterin: „Nun quellen Rosen hervor, lieblich wie sie im Lande der Musen, wie in Pierien sie blühen! – Habt ihr vom Musenland schon gehört?"

Sappho wusste davon, aber sie schwieg.

„Rosen, wer möchte nicht immer sie preisen?" fuhr die Meis-terin fort. „Ich vergleiche sie gern mit euch Mädchen! – Hier haben wir Kerbel, den zarten, und Dill und Honiglotos, begabt mit herrlichen Dolden, dort seht ihr noch blühenden Eppich, dunkles Myrtengezweig, Lorbeer und Wedel von Fichten.

Die Meisterin lehrte, wie man Blüten und Blattgrün vereint, und Farben und Formen zum Ganzen gestaltet:

„Wie gern und wie oft wand ich als Mädchen die Götter erfreuenden Kränze!"

Veilchenkränze galt es anderen Tages im Wettkampf zu binden. „Dein Kranz, liebe Nanis, scheint mir der schönste!" entschied die Meisterin. „Unserer Sappho aber wollte gar nichts gelingen!"
Die Meisterin lehrte, wie mit den Kränzen man richtig sich schmückt.
„Das Haupt ist der würdigste Platz für den Kranz! Drum setzt, was ihr zusammengeflochten, zuerst euch ins Haar! Nehmt die Spiegel zur Hand, die Wirkung zu prüfen. Bis zu den Schläfen müsst die Geflechte ihr rükken. Vorn sollten sie immer ein wenig tiefer sitzen als hinten!"
Die Mädchen erprobten ihr Werk und blickten verzückt in die Spiegel. Sappho erschrak wieder vor der großen unförmigen Nase, die ihr entgegenwuchs aus dem blinkenden Rund. Sinnend sah sie am Spiegel vorbei und gedachte der Mutter.
„Habt jetzt viel Kränze von Veilchen und Rosen, von Hyazinthen und Krokus ins Haar euch gesetzt!" fasste zusammen die Meisterin. „Nun legt und schlingt die Gewinde auch um den Hals und die Schultern!"
Wiederum blickten die Mädchen verzückt in die Spiegel. Nur Sappho sah an dem ihren vorbei und blickte zur schönen Eudore. – 'Wie anmutig ihr die Bewegungen fließen! Wie sie still in sich ruht! Sie hat keinen Grund, den Spiegel zu meiden und zu der kleinen, großnasigen

Sappho zu schauen, die, wie man ihr vorwirft, so ungeschickt ist und immer so guckt!'

Zum Ausklang lehrte die Meisterin, wie eine Blüte zwischen den Fingern gehalten und behutsam zur Nase
geführt wird .

„Zugleich zeigt man ein reizendes, Abstand gebietendes
Lächeln!"

„Und was geschieht mit den Sträußchen?"

„Die trägt man am Busen! – Jetzt aber mag Kokkaline
fortfahren, euch Schreiben zu lehren und Lesen und
Rechnen!"

'Endlich schlafen sie, die Geschwister. Die eine
schnarcht freilich wieder! – Noch immer kann ich mich
kaum ihrer erwehren. Doch von den Schönen, Begehrenswerten schaut keine mich an, will keine sich mit mir
anfreunden! Wie kann ich nur ihre Achtung und Liebe
gewinnen? – Eifer im Unterricht stößt sie nur ab. Soll
ich den Narren denn spielen, soll ich zum Lachen sie
bringen? Das lieber nicht! – Vom garstigen Traum oder
fesselnde Lügengeschichten könnt' ich erzählen, etwa
vom steinernen Wald und wie ich darin mich verirrt. –
In der Truhe ruht auch noch meine göttliche Leier …'

LÜGENGESCHICHTEN

Die Meisterin sprach: „Die Pflanzen zeigen die schönsten Blüten und Blätter, die Mädchen die schönsten Gewänder. Nach diesem Vers meines Vaters wollen wir nunmehr der Kleidung uns widmen. Wir fragen, was gibt es, was steht jungen Mädchen, wie ist es am besten zu tragen!"

In einer Pause erzählte Sappho den Mädchen die erste der Lügengeschichten.

„Lang schon ist's her!" begann sie. „Beim Blumenpflükken, weit draußen vor den Mauern der Stadt Mytilene, hatte ich meine Amme verloren. Ungehört blieb mein Rufen. Bald drang ich, verwirrt, durch wegloses Buschwerk, bis ich in einem Wald mich befand. Ganz still war es hier und die Äste – abgestorben waren sie alle und kahl – spreizten sich grau in den Wipfeln. Ich fasste an einen der Stämme und fühlte, daß er aus Stein war. Ein steinerner Wald hielt mich umfangen. Ich hastete zwischen den Stämmen dahin, bis eine frisch grünende Lichtung sich auftat. Ein Strauch, dem weiße Blütensterne entsprossen, groß wie Menschengesichter, wuchs in der Mitte. – 'Der Lebensbaum!' – dacht' ich. – 'Wie seine Blüten wohl duften?' – Rund um den Strauch lag eine dünne Reifschicht. Ich streckte die Hand aus nach einer der Blüten. Mit feinem Klingen sprang sie vom Ast. Eine Eisblüte war es, ohne jeglichen Duft. – Mehr möchte ich jetzt nicht erzählen!"

Die Schwestern aus Assos sahen ins Weite. Podarke und Nanis wandten sich ab. Die Schönen, Begehrenswerten, Eudore und Chloris, wunderten sich über Sappho.

„Lydischer Kopfputz", lehrte die Meisterin, „ist für sanft schauende Mädchen ein göttlicher Schmuck. Nehmt dieses Muster und reicht in der Runde es weiter. Vorzüglich ziert auch das breite, herrlich bestickte Band aus dem Land der Iavoner. Ihm stehen die purpurfarbenen, duftgetränkten Bänder kaum nach – aus Phokaia kleidsame Gaben!"

Die Schülerinnen drehten und wanden sich unter der Meisterin und der Hilfslehrerin kundigen Händen und blickten verzückt in die Spiegel.

Die Meisterin sprach: „Die Blumen vom Felde verwelken. Drum ahmen aus Gold wir sie nach. Gold welkt nicht, ist unzerstörbar, bleibt frei auch von Rost, ein Kind ist's des Zeus. Drum will ich von goldenen Blumen, will ich von Goldschmuck jetzt reden. Mein Vater sagte: ‚Ich liebe das Gold und den Glanz, wie die Sonne ich liebe!' – Doch merkt euch, dass Gold, so himmlisch es ist, ohne gesitteten Sinn seines Besitzers nur schadet. – Goldene Kränze und Bänder schmücken das Haar, Goldrosetten die Ohren. Um den Hals hängt man goldene Ketten mit Blüten verziert. Ringe aus Gold, bekrönt von edelen Steinen, schmücken die Finger, Goldreifen, auch schlangengestaltig, mögen die Arme umwinden und das Bein über den Knöcheln. – Auch an die künstlichen Blumen wollen wir denken, die man nur malt oder aufstickt! – Doch ehe die Schmuckkunde wir weiter behandeln, lehrt Kokkaline, euch wieder lesen, schreiben und rechnen!"

In diesen Künsten tat sich Hippomedusa besonders hervor.

Sappho indessen lernte nur schwer.

Die Mitschülerinnen baten sie, mehr zu erzählen vom steinernen Wald. Aber der Großmutter eingedenk und ihres Wortes: ‚Das Anmutige suche. Was nicht anmutig ist, meide!', winkte sie ab und erzählte von einem reizenden Garten.

„Ein Bach floss hindurch. Erquickung verhießen Wasser und Früchte. Von süßem Schlummer wisperten Blätter im Windhauch. Rosen schmückten den Ort. – Hier möchte ich bleiben! – hab ich gedacht – mein Heimatland ist es ..."

„Wie schön, Sappho, sprich weiter!"

„Stand da auf einmal ein Knabe, ganz klein und nackt und golden gelockt. So frisch sah er aus, als hätte er eben im Bache gebadet. Ich haschte verlangend nach ihm. Er aber huschte zwischen die Rosen. Ich eilte ihm nach. Er schlüpfte unter die Zweige am Boden und raschelte dort wie ein Hühnchen. Ich fragte nach seinem Namen. Doch er antwortete nicht, bis zauberhaft lachend er wieder vor mir erschien. Ich bat, einen einzigen Kuss mir zu gönnen. Da lacht' er noch einmal und zwitscherte hell wie die Schwalbe: ‚Meinst wohl, ich wäre ein

Kind! – Älter bin ich als Kronos!' – Zwitschert's, kletterte hoch an einem der Bäume und schwang sich von Wipfel zu Wipfel davon. Jetzt erst sah ich Flügel an seinen Schultern und einen Bogen und Köcher und Pfeile. – Eros bin ich begegnet, dem schönsten im Kreise der Götter."

Da seufzten die Mitschülerinnen und drängten heran. Eudore legte den Arm ihr gar um die Schulter und Chloris drückte ihr einen Kuss auf die Stirn.

GÖTTERBESUCH

Die Meisterin sprach: „Die Pflanzen zeigen die schönsten Blüten und Blätter, sie atmen zugleich auch die schönsten der Düfte, wie Hyazinthen und Lilien, Veilchen und Rosen. Süß duften die Blumen, süß sollen die Mädchen auch duften. Man trägt sie, die Düfte, als duftende Öle wie unsichtbare Geschmeide. Wir fragen, was gibt es davon, wie ist es am besten zu tragen. Ich gebe zum Lernen zuerst euch ägyptische Ware!"

Die Meisterin entkorkte ein Fläschchen, Zimtöl enthielt es:

„Nimm es Podarke, und reiche es weiter! – Sappho gib acht, lass es nicht fallen! – In diesem Fläschchen ist Myrrhe, in diesem hier kostbare Narde, hier endlich kann ich …"

Jäh brach die Meisterin ab und erbleichte, denn es knarrten die Türen des heiligen Schreins. Langsam gingen sie auf, taten sich auf vor der unsterblichen Aphrodite, der Göttin der Liebe.

Die Meisterin und die Hilfslehrerin wichen zurück. Unbeweglich hielten die Mädchen die Fläschchen. Die Sklavinnen warfen sich auf den Boden.

Da stand sie, die Göttin, ein leuchtendes Bildnis. Nackt prangte die schlanke, mädchenhafte Gestalt. Goldene Reifen und Ketten schmückten den Hals und die schmalen abfallenden Schultern. Die rosigen Knie berührten sich leicht. Unter den Brüsten hielt sie die Rechte, die Linke hing lässig herab. Ein zarter Schleier verband beide Hände, den Schoß zu verdecken. Das Haupt hielt die Göttin leicht zur Seite geneigt, purpurnes Netzwerk umfasste ihr Haar. Das Gesicht mit der hohen und breiten Stirn verjüngte sich herzförmig zum kleinen kirschroten Mund und zum zierlich gerundeten Kinn. Schräg wie beim Luchs, standen die Augen. Zum Schrecken der Meisterin und der Hilfslehrerin trat die Göttin heraus auf den Hof. Zum Arbeitstisch wandelte sie. Leise klirrte ihr Goldschmuck. Den Reiz der Duftöle mit spielenden Nüstern aufnehmend, umschritt sie, selber ambrosische Düfte verbreitend, den Kreis der starr sitzenden Mädchen. Der Meisterin und der Hilfslehrerin widmete sie keine Beachtung. Hinter Sappho nur blieb ein Weilchen sie stehen, blickte nachdenklich lächelnd auf sie hinunter und kehrte langsam zurück in den bergenden Schrein. Sie nickte verhalten zum Gruß, bis die

Türen sich wieder knarrend verschlossen.

Die Meisterin hob ihre Hände zum Beten, und die Mädchen regten sich sachte. Die Sklavinnen hoben den Kopf und Sappho dachte: 'Ambrosischer Duft ging von ihr aus, keine Kälte wie wohl von den Musen und dem Anführer ihrer Reigen oder auch von dem Lebensbaum, wie Lampon erzählt hat'.

BALLSPIELE

Die Meisterin sprach: „Die wahrhafte Schönheit schmückt sich nicht nur für die Götter. Ein Band zu den Mitmenschen gilt stets es zu schlingen, ein Band wechselnden Gebens und Nehmens im Zeichen der Achtung und Liebe. Sinnbild dafür mag das Ballspiel uns sein!"

Sappho griff in den Ballkorb, der vor der Meisterin stand, und flink, wie sie's gelernt, ließ sie drei Bälle wechseln von einer Hand in die andre, ließ sie emporfliegen, fallen und wieder steigen. Die Mitschülerinnen staunten.

Die Meisterin aber sprach: „Verstehe mich recht, liebe Sappho. Nicht für uns selbst wollen wir spielen, sondern zusammen! – Drum nehmen jetzt immer zwei einen Ball und werfen ihn wechselnd sich zu, aus der Nähe zuerst, später aus größerem Abstand. Ich wechsle mit Nanis die Bälle. Dann sind wir fünf Paare."

Hin und her flogen die Bälle. Die Mädchen warfen und fingen, sie sprangen und reckten sich jauchzend.

Eifrig wurde das Ballspiel geübt, und Heiterkeit füllte das Haus, bis die Meisterin sagte: „Dem lustigen Ballspiel ähnelt das Geben und Nehmen der Worte, der Tausch der Gedanken im schönen Gespräch, das wir nunmehr erlernen. Hört dazu vorab meinen Vater: ‚Anmutig sei beim Gespräch der Wechsel der Worte, aber auch sinnreich, nicht ohne Bedeutung, wie das Wechseln der Bälle. Das streitende Eifern haltet zurück, und laßt nie den Zorn eure Herzen ergreifen!' So weit der Dichter. Zum schönen Gespräch gehören Bewegungen auch, weisende Gesten, abgewogen und fein, nicht ungebärdig wie das Springen beim Ballspiel.
Hin und her eilten fortan die Worte, sinnreiche Worte, begleitet von sanftem Nicken, und von zurückhaltendem Deuten der Finger. Nach paarweisen Gesprächen wechselten ohne die Meisterin jeweils drei Mädchen die Worte. Endlich setzten die Schülerinnen im Kreis sich zusammen, wobei die Meisterin abermals ausschied; denn nie sollten es mehr sein als neun – die Anzahl der Musen – die im Gespräch sich vereinten.

In einer Pause begab sich die schöne Eudore zu Sappho, die abseits saß und vor sich hinsann. Ein Zwiegespräch konnten sie unüberwacht jetzt einmal führen.
„Zu edelen Männern müssen die Bänder wir vornehmlich schlingen", begann Eudore mit sanft weisendem Finger.

Sappho dachte an Phaon und sagte: „Schön wie vom Himmel gekommen sollten sie sein, lieblich und hold."

Eudore: „Einer der schön nur und hold, wäre für mich nicht der richtige Mann."

Sappho: „Vielleicht hast du recht. Ganz recht hast du wohl, liebe Eudore. Tüchtig müsste er sein und reich!"

An Kerkylas dachte sie jetzt.

MUSIK UND TANZ

„Liegen die Leiern und Flöten bereit?" fragte die Meisterin die beiden Sklavinnen nach dem Frühstück.

„Auf dem Arbeitstisch liegen schon lang sie, im schattigen Winkel des Hofes!"

„Auch die Plättchen zum Zupfen der Saiten?"

„Auch sie!"

„Aber die Tympana und die Klappern habt ihr vergessen!"

„Alles ist draußen!"

„Dann hindert uns nichts, an die Arbeit zu gehen!"

Andächtig umstanden die Schülerinnen den Tisch mit den formreichen Leiern und Flöten, den Tympana, Schellen und Klappern. Die Meisterin sprach: „Noch enger als Spiele und schöne Gespräche verbindet Musik."

Sie hob eine der Leiern empor: „Was halte ich hier?"

Podarke: "Von den Leiern ist es die Gattung der Phorminx, viersaitig, mit hölzernem Schallkörper und jetzt nur noch selten gespielt."

Die Meisterin: „Und welche Gattung der Leiern halte ich hier und zugleich dort, liebe Sappho?"

„Rechts eine Chelys, so genannt nach dem schallenden Schildkrötenpanzer. Ein Barbiton ist es links, der Chelys verwandt, mit gleichem Schallkörper, doch gestreckter im Bau."

„Und was ist dies?"

Abermals Sappho: „Keine Leier, eine Kithara ist es, dröhnend im Klang und mit hölzernem Schallkörper wie die Phorminx."

Die Meisterin: „Da zeigt unsre Sappho, die wenig bislang zum Unterricht beigetragen, auf einmal beachtliches Wissen! Nun gut! – Neben das Saitenspiel tritt stimmkräftiger der Aulos, als Doppelaulos zumeist im Gebrauch. Seltener hört man die zärtliche Syrinx oder die kriegerisch schmetternde Salpinx.

Eifrig wurde gelernt, wie die Arten der Leiern und Blasinstrumente sich nannten, welche Unterschiede es gab in der Form und im Klang. Gelernt wurde, bis die Meisterin sagte: „Früh schlug ich die Gott erfreuende Leier. Wer kann denn von euch sie schon spielen?"

„Ich kann es!" antwortete Sappho und dachte, 'Jetzt ist es so weit, jetzt kann ich glänzen, bezaubern und herrschen, mehr als mit Lügengeschichten.'

„So nimm denn die Leier!"

Angespannt ihre Lippen verziehend, stimmte zuerst sie die Saiten, ließ einen perlenden Lauf zur Probe erklingen und begann mit dem Spiel. Wie hurtig dann ihre

Finger zwischen den Hörnern der Leier herumkletterten, sich spreizten und wieder vereinten, wie sie die Saiten bald kräftiger, bald sanfter anrissen, drückten oder sich ihnen leicht auflegten, den Nachhall zu dämpfen. Manchmal klang es, als tönten zwei Leiern zugleich.

Von süßem Sehnen ergriffen lauschten die Mädchen. Die beiden Sklavinnen hoben die Arme und setzten zum Tanz an.

„Wie schön Sappho!" – „Wie schön du gespielt hast!"

Die Meisterin sagte: „Ihr seht, wie Musik die Menschen verbindet. Von unserer Sappho bis hin zu den Sklavinnen schlang sich das Band.

Hilfslehrerin Kokkaline streichelte Sappho, die so schwach war im Rechnen und Schreiben, über den Kopf.

Eifrig übten die Mädchen das Spielen, bis die Meisterin sagte: „Weit über den Klang der Leiern und Flöten geht der Gesang noch hinaus. Selbst das Singen der Nachtigall und der Schwalbe ist schöner. Vermagst, liebe Sappho, zum Leierklang du auch zu singen?"

Sappho nickte erregt.

„So nimm denn die Leier und sing uns ein Lied!"

Sappho hob ihren Kopf. Einen Hymnos auf Apollon stimmte sie an, auf Goldhaar-Phoibos, den Koios Tochter gebar, die einst der Kronide, der großmächtige Herrscher zum Weibe sich nahm.

Da sahen die steinernen Augen des Gottes sie an. Sie versang sich, brach ab.

Die Meisterin: „Nicht gerade süßer als deine Leier erklang,

hast du gesungen!"

Sappho lähmte das Bild des strengen Gottes der Ordnung, des Ebenmaßes und der Bestimmtheit. Zugleich wehte die Kälte der Musen sie an.

Die Schwestern aus Assos blickten verlegen. Podarke lächelte süß.

Sappho, Eudore und Chloris führten unüberwacht ein Dreiergespräch.

Chloris beschrieb mit der Hand einen Kreis und errötete lächelnd: „Menekrates heißt er, der Edelgeborene. Ein Jüngling noch, stark wie ein Heros. Lange schon sind wir versprochen einander und lieben uns sehr."

Sappho: „Wie schön liebe Chloris! Nußbraun ist er gewiss und kunstvoll geflochten trägt er das Haar."

Chloris: „ Als hättest du selbst ihn gesehen."

Sappho: „Und wie ist es, Eudore, bei dir?"

Eudore errötete: „Leiokritos heißt er, der Edelgeborene."

Sappho: „Wie schön, liebe Eudore! Milchweiß und rosig ist er gewiss und lang wallt das nachtschwarze Haar."

Eudore: „Als hättest du selbst ihn gesehen."

Eudore und Chloris zugleich: „Wie aber ist es, Sappho, bei dir?"

„Kerkylas heißt er."

„Und seid auch ihr schon einander versprochen?"

„Wir sind es!"

„Und liebt auch ihr euch so sehr?"

„Unendlich lieben wir uns."

Chloris: „Ist er ein Jüngling?"

Sappho: „Ein stattlicher Mann ist er und hat Geld."

Eifrig wurde der Einzelgesang zur Leier geübt, bis die Meisterin sagte: „Nach einem Wort meines Vaters, vereint uns am besten das Singen im Chor. Hell klang auch meine Stimme im Chor als ich ein junges Mädchen noch war. Beginnen die Chorlehre wir mit dem Wechselgesang: Ich singe zur Leier eine Strophe euch vor und ihr singt sie nach. Ein Danklied sei es zuerst an unsere Herrin Aphrodite, die veilchenumkränzte Tochter des Zeus, die uns so gnädig erschien!"

Weitere Lieder übten die Mädchen. Rein klangen die Stimmen zusammen, bis die Meisterin sagte: „Zum Singen gehören nicht nur die Kehlen. Bewegung der Glieder muss auch dazu sich gesellen, wie beim Ballspiel und beim schönen Gespräch. Mit dem Chorgesang vereint sich nicht selten der Reigen. Beginnen den Tanzunterricht wir!"

Die Mädchen übten das Tanzen, einzeln oder im Reigen, zum Klang der Leier tanzten sie und auch zum Chorlied. Sie übten so lang, bis die Meisterin sagte: „Wahrlich, schon sehe ich siegreich euch tanzen beim Schönheitsagon zu Ehren der Hera, schon höre von fern her ich hell eure Lieder erklingen!"

Beglückt von der Meisterin lobender Rede, standen die Mädchen.

„Nur unsere Sappho beherrscht die Rhythmen noch immer nicht gut!"

INSTITUTSSPAZIERGANG

Die Meisterin sprach: „Bislang haben im Schulhaus wir nur gelernt. Das Erlernte aber muss sich auch draußen bewähren. Draußen, in Heras heiligem Hain, treten zum Abschluss der Schule wir ja zum Schönheitskampf an. Machen zum Anfang wir einen erholsamen Ausflug. Es sind die letzten sonnigen Tage im Jahr." Die Mädchen jauchzten und klatschten. „Morgen, gleich nach dem Frühstück, geht's los!"

Da zogen sie hin, wie versprochen. Ein Strohhütchen mit hellblauer Schleife trug jede und einen Korb mit Verpflegung. Voraus schritt die Meisterin, den stützenden Wanderstab in der Rechten. Die Hilfslehrerin ging hinterher. Heiß schien's zu werden. Sonderbar klar war die Luft. Kein Windhauch wollte sich regen. Über sonnenverbrannte Wiesen und abgeerntete Felder schritten sie hin, singend und scherzend.

Mit dem Steigen der Sonne schwiegen sie still, benommen vom blendenden Glast.

An einem trockenen Bachbett führte der Weg weiter, zwischen kahlen, niedrigen Hügeln. Laut tönte das Lied der Zikaden. – Sappho erinnerte sich an den Ausflug aufs Landgut: – ʻJa, manches Köstliche begegnet noch einmal uns wieder!'

Sie kamen an einen lockenden Hain. Bestrickende Düfte hauchte er aus. Andächtig traten sie ein. Kühlende Schatten webten zwischen Platanen und hohen Zypressen, zwischen Ölbäumen und Lorbeer. Efeu umschlang manche der Stämme. Im Herzen des Hains aber lag, von Myrtenbüschen gesäumt, ein heiteres Apfelbaumwäldchen. Lüstern glänzten die Früchte im Laub, einige waren heruntergefallen, wie um im Gras sich liebend zu einen.

„Hier ist gut sein", sprach die Meisterin. „Hier setzt euch und greift in die Körbchen! Kostet auch die von den Bäumen gefallenen Äpfel!"

Erst als die Meisterin sagte: „Du Kokkaline holst für uns beide hervor, was du zur Stärkung mitgebracht hast!" ließen sie zögernd sich nieder, wandten den Körbchen sich zu und den Äpfeln im Gras.

Die Meisterin hob ihre Hand: „Ein Liedchen will ich euch singen. Zur Hochzeit hört man es gerne."

Die Mädchen wechselten leuchtende Blicke.

Vom einsamen Apfel sang sie: – 'Hoch oben am Baum, im höchsten Gezweig hängt er, rot leuchtend und köstlich wohl im Geschmack. Hatten die Pflücker ihn übersehen? O nein, sie hatten sehr wohl ihn bemerkt. Nur konnten den Schönen sie nicht erreichen!' – Die Meisterin sang, aus der Ferne schallte das Echo zurück.

„Nun löst euch vom Boden, ihr Mädchen und spielt!"

Da kosteten sie nicht mehr die Äpfel, sondern warfen und fingen die göttliche Gabe. Erheitert schauten die

Meisterin und die Hilfslehrerin zu. Fang- und Versteck-spiele lösten das Apfelspiel ab. Endlich verloren die Stimmen der Mädchen sich im Gehölz.

Die Meisterin blickte besorgt durch die Zweige zum Himmel: „Es scheint ein Gewitter zu nahen."

Gellende Schreie auf einmal. Die dicke Podarke brach durchs Myrtengebüsch: „Aus Assos die Schwestern, O Meisterin Aigialeia", meldete atemlos sie, „die Schwestern aus Assos, sie haben ein Nest aufgestöbert, ein Nest voller seltsamer, wahrlich ganz seltsamer Vögel. Kommt schnell und schaut es euch an!"

Die Meisterin mahnte: „Gemach! So wird es nicht eilen!" Aber sie griff doch zum Stock und folgte der dik-ken Podarke. Auch Kokkaline kam mit. Vor einem Fei-gengebüsch standen die Mädchen. Einen Ast bog Meline empor. „Seht ihr das Nest? – Seht ihr die seltsa-men Vögel?"

Nackte blankäugige Köpfe auf nackten, langen, dick angeschwollenen Hälsen, reckten wie Morcheln sich ihnen entgegen. Die blauschwarz geflügelten Körper waren zu einem pulsenden Polster vereint.

„Neun sind es!" zählte die Meisterin.

Sappho: „Ebenso viele wie wir. Ebenso viele auch wie die Musen. – Was sind das für Wesen?"

„Phallosvögel sind es, Phalloi in Vogelgestalt. 'Enger als Ballspiel und schöne Gespräche,' sagte mein Vater, 'enger als Tanz und Musik, führt der Phallos die Menschen zusammen!' – Wartet nur ab! Sie kommen zu euch noch geflogen, zu jeder der seine, wenn's an der Zeit!"

„Und", fügte die Hilfslehrerin hinzu, „glaubt mir, sie finden den richtigen Weg!"

Ratlos standen die Mädchen. Sollten sie lachen oder sich fürchten?

Die Meisterin: „Lassen wir sie in Ruhe noch wachsen! – Aber der Himmel bezieht sich, und in der Ferne – hört ihr es wohl? – grollt schon der Donner. Wir sollten uns sputen, nach Hause zu kommen!"

HOCHZEITSBEGLEITUNG

Der Winter brach ein. Eisige Stürme bliesen über das Land und das Meer. Die Gipfel der Berge bedeckten mit Schnee sich.

Die Meisterin sprach: „Nun ist die Zeit nicht mehr fern, wo wir mit schönen Gewinden, Gesängen und Tänzen manch ein Vermählungsfest ausschmücken müssen. Mitwirken werden dabei auch Knaben aus Pyrrha."

Die Mädchen wechselten leuchtende Blicke.

„Zuerst lernen den Hochzeitswagen wir schmücken. Dazu müssen noch einmal das Winden von Kränzen wir üben. 'Wer eine Kunst gründlich erlernt', sagte mein Vater, 'kehrt oft zum Anfang zurück'."

So wanden sie wieder und flochten künstliche Blumen, denn Winterzeit war's ja. Zum Schmuck dienten auch Nüsse und Äpfel.

Die Mädchen übten mit schönem Erfolg, bis die Meisterin sagte: "Nun heißt es, Hochzeitslieder zu üben und Tänze!"

So sangen sie wieder und tanzten, bis die Meisterin sagte: „Die Wintersonnenwende ist überschritten. Das erste Fest ruft!"

Am Nachmittag wurde der Hochzeitswagen geschmückt. Als Dämmerung einfiel, sangen die Mädchen und Knaben:

„Abendstern, schönster der Sterne. Wenn du zu funkeln beginnst, kehren die Herden und Hirten müde nachhause. Die Braut aber verlässt ihre Eltern."

Der Wagen, von Rindern gezogen, setzte sich in Bewegung.

„Jetzt schwingt die brennenden Fackeln! Hymen, Hochzeitsgott, zeige dich huldvoll!"

Am Ende der Fahrt vor des Bräutigams Haus, sangen sie alle: „Hoch macht das Tor, die Türe macht weit. Der Bräutigam kommt mit der Braut. Ares gleicht er an Größe und Kraft!"

Beim Hochzeitsgelage tanzten die Mädchen, geführt von der Meisterin, gleich den Musen, geführt von Apollon beim Mahle der Götter.

Zu später Stunde, als das glückliche Paar endlich im Brautgemach weilte, verhöhnten lustige Lieder den Freund, der die Türe bewachte. Auch über das junge Paar wurde gescherzt. Loblieder aber flossen zumeist von den Lippen:

„Wem, lieber Bräutigam, gleichst du? – Einer biegsamen

Gerte gleichst du!"

Die Männer und Knaben verglichen mit einem gerundeten Apfel die Braut.

„Seliger Bräutigam", sangen die Mädchen, „all deine Wünsche sind nun erfüllt. Schlummere süß!"

Die Knaben darauf:

„Süß sollst auch du schlummern, veilchenbusige Braut!"

Gemeinsam erhoben sie alle die Stimme: „Hymen, Hochzeitsgott, zeige dich huldvoll! – Wir singen und tanzen für dich bis zum Morgen!"

LETZTE ÜBUNGEN

Die Meisterin sprach: „Bevor ihr in Heras heiligem Hain um den Schönheitspreis kämpft, müsst ihr noch manches erlernen und üben. Soll doch auch in den Heiligtümern der Stadt und nah auf dem Land unser Können sich wie bei den Hochzeitsfeiern bewähren."

Die erste Übung führte zur Grotte der Nymphen im blumendurchdufteten Hain. Ein mächtiger Fels barg die Grotte. Davor sprudelte silbern ein Quell. Milchgefäße, Wurfhölzer und Flöten, von Hirten geweiht, hingen am Eingang. Im dämmrigen Innern ragten marmorne Bilder von Nymphen. Sie standen im Halbkreis, schienen zu leben, die Glieder im Reigen zu rühren.

Die Meisterin sprach: „Ein weit verzweigtes Geschlecht sind die Nymphen. Sie wohnen in Quellen, Sümpfen und Bäumen. Schön sind sie alle und tanzen und singen wie die Chariten und Musen. Nehmt euch ein Beispiel an ihnen!"

Gleich sangen die Mädchen und tanzten, wie sie's gelernt, um den Quell vor der Grotte.

Die Meisterin rief voller Freude: „Schon seh ich euch tanzen den Reigen beim Schönheitsagon zu Ehren der Hera! Ähnlich wie ihr, tanzten einst kretische Mädchen vor meinen Augen, leichtfüßig im Takt, um den Altar, kaum schien ihr Schritt das Gras zu berühren …"

Die nächste Übung fand nächtens im Hain der Artemis statt. Voll strahlte der Mond auf die Mädchen herab. Sie sangen und tanzten zu Ehren der Göttin, begleitet vom Klang der Leiern und Auloi, welche die Tempeldiener meisterlich spielten. Schellen und Tympana schlugen den Takt. Bis in den Himmel hallte es wider.

Als es genug war, sagte die Meisterin: „Nun seid ihr so weit! Die Sommersonnwende nähert sich auch und mit ihr der Schönheitsagon in Heras heiligem Hain. Atridenkönige haben den Kult uns gestiftet, und heute noch klingen die Lieder. Wie zur Zeit Agamemnons drehen zum Jahresfeste die edelsten Mädchen des Landes sich lang gewandet im Tanze. Ganz Lesbos schaut zu und der Preis gilt der Schönsten."

„Wer mag die Schönste wohl sein?", fragten die Schwestern aus Assos.

„Die dicke Podarke vielleicht, oder Hippomedusa, wer weiß!" scherzten die Mädchen. – Die Meisterin hob einhalt gebietend die Hand: „Da gibt es gar nichts zu scherzen! Alberne Mädchen erhalten niemals den Preis! Jetzt aber gehen wir in die Schule zurück."

'Endlich schlafen sie, die Geschwister. Die eine schnarcht freilich wieder! – Immerhin hab ich inzwischen gelernt, mich ihrer zu wehren, und die anderen, die Begehrenswerten und Schönen zumal, achten mich jetzt! – Dort steht noch immer die Truhe, und in ihr ruht meine göttliche Leier. Aber ich will nicht mehr glänzen mit ihr, bezaubern und herrschen. Will auch die Schönste nicht sein. Wärme und Liebe suche ich nur. Ein guter, liebwerter Mann, einfach und tüchtig, soll sie mir geben. – Kerkylas könnte es sein'.

Letzte Hand wurde an die Vollendung gelegt. Dazu musste sich jedes Mädchen in die geheime Kammer begeben, neben dem Schrein Aphrodites. Die Meisterin gab dort heiligste Weisung. Streng war es verboten, darüber zu sprechen.

Schluchzen – oder war es krampfhaftes Lachen? – drang wiederholt aus der Kammer. Die Entlassenen zeigten hochrote Wangen und sahen traumverloren an den Mitschülerinnen vorbei.

Die Wartenden konnten beim Öffnen der Tür einen Lehnstuhl erspähen, vor dem auf niedrigem Schemel, beim Licht einer Lampe, die Meisterin saß, einen Spiegel

in Händen. – Und hockte nicht einer der Phallosvögel
auf ihrer Schulter?

DER AGON

'Welch ein Gedränge! Welch ein Gewirr bunter Kränze,
Gewänder, und Schirme! – Staub überall, Rauch und
Jubeln und Schreien! – Sind's Menschen, oder sind's Statuen dort drüben? Ich kann's nicht mehr unterscheiden! –
Stiere dazwischen und Ziegen und Schafe! Mir schwin-
delt! Äxte blinken und Messer. Opferblut fließt. – Ja, halt
mich und gib mir die Hand! – Und siehe, das uralte
Bildnis der Göttin! Brettflach ragt es empor. Schrecklich
blicken die rot umrandeten Augen. – Auf der Tribüne
thronen die Kampfrichter schon. – Der heilige Hymnos! – Sie singen ihn alle, und ich singe mit. Singe ich
wirklich? Singt nicht eine andre in mir? – Goldthronende
Hera, Tochter der Rhea, unsterbliche Königin, hochherr-
lich von Angesicht, gepriesen im weiten Olymp wie Zeus
der Beherrscher des Blitzes. – Beschwingt eilt der Fuß!
Schlingen den Reigen wir kunstvoll zur Ehre der Göttin!
Musik begleitet den heiligen Tanz. Sie tanzen ihn alle,
und ich tanze mit. – Tanze ich wirklich? Oder tanzen die
anderen nur? – Ja, halt mich und gib mir die Hand! –
Welch ein Gedränge! Welch ein Gewirr! – Doch endlich
werden sie klar, die Formen und Farben. Der Staub

scheint zu schwinden. Ruhe senkt sich hernieder …'

Die Meisterin dachte: ‚Ich kann nicht mehr tanzen, schon zittern die Füße, und kraftlos werden die Knie.' – Dann rief sie: „Gut sehen lassen konntet ihr euch! Eudore hat gar den Preis sich erworben. Ziehet nun freudig davon!"

Die Mädchen umdrängten und küssten die Meisterin Aigialeia und auch die Hilfslehrerin Kokkaline.

Die Meisterin sprach: „Behaltet uns wohl im Gedächtnis und vergesst nicht, wie umsorgt wir euch haben!"

Eudore: „Viel Schönes konnten wir in der Schule erleben!"

Chloris: „Mit Kränzen von Veilchen, Rosen und Krokos schmückten wir uns!"

Nanis: „Mit glänzendem Duftöl salbten die Haut wir!"

Hippomedusa: „Schreiben, Lesen und Rechnen wurden gelehrt!"

Podarke: „In weichen Betten durften wir schlafen!"

Die Schwestern aus Assos: „Und manches Fest feierten wir miteinander!"

Die Meisterin winkte Sappho zu sich heran: „Dich, liebe Sappho, lasse nur ungern ich gehen. Müsstest so manches noch lernen! Bist keine Schönheit. Aber die Schönheit ist ja nicht schön nur, soweit es ihr Anblick uns zeigt: Wirklich schön ist erst die Tugendreiche, die Gute. Das gilt auch für dich, liebe Hippomedusa! – Am Ende ergreift euch wie mich doch alle das Alter, lässt Kronos den Glanz und die Schönheit vergehen."

DIE HIRSCHKUH SPRICHT

Abgelegene Wege suchten die Schönen sich aus, um die großen Erlebnisse nachklingen zu lassen.

„Hier ist der heilige Hain noch ein Hain und spendet erquickenden Schatten!", seufzte die dicke Podarke.

„Meine liebe Eudore", rief Hippomedusa, heftiger schielend als sonst. „Ich freue mich so, freue so sehr mich über den Sieg, den du errungen! Bist wahrlich die Schönste von allen!"

Eudore: „Auch andre sind schön."

Sappho: „Und die Schönheit ist ja nicht schön nur, soweit es ihr Anblick …"

Es raschelte im Gestrüpp. Die Mädchen erschraken. Eine Hirschkuh trat aus dem Grün. Ruhig schaute die Mädchen sie an.

„Wie mager sie ist und wie hässlich!" flüsterte Nanis der Hippomedusa ins Ohr: „Sehr alt muss sie sein. Fast blind scheinen die Augen."

Ein goldenes Band trug die Hirschkuh um ihren Hals.

„Das Band ist beschrieben", entdeckten die Schwestern aus Assos.

„Mich sah Agamemnon noch", buchstabierte die eine, „Als von Troja siegreich er kam", las die andere weiter.

Sappho: „Kronos ermahnt uns in ihrer Gestalt!"

Die Hirschkuh nickte bedächtig.

Langsamer setzten die Mädchen den Weg fort. Gelegentlich blieben sie stehen, küssten einander und weinten ein wenig, bis sie sich trennten, Verwandte, Freunde und Liebhaber zu treffen.

Sappho ging noch einmal zur Hirschkuh zurück und streichelte sie. Da sprach die Uralte mit schwerer Zunge aus der Tiefe der Erde. Sie sprach von den Musen und wunderbaren Gesängen.
„Durch sie wirst du glänzen, bezaubern und herrschen."
Ein Kälteschauer ergriff Sappho. – „Ich will nicht glänzen, bezaubern und herrschen", rief sie, „sondern wärmende Liebe genießen. Auf Kerkylas, den Tüchtigen, Schlichten, auf die Ehe mit ihm und auf Kinder will ich mich freuen!"
Die göttlichen Patinnen in ihrer eiskalten Grotte hoben bedenklich den Finger. Aber sie schwiegen. Die Hirschkuh indessen sprach weiter:
„Sollst ja die Lebenswärme, die Welt und das pulsende Dasein erfahren. Die Welt wird dich aber bitter enttäuschen und quälen. Nur die Lieder, die du später ersinnst, werden Freude dir schenken. Mit ihnen allein bewahrst du die Jugend und alterst nicht, wie im garstigen Traum!"
Sappho erwiderte nichts und ging langsam davon, um nun auch die Verwandten zu treffen, die Freunde und – Kerkylas, den künftigen Gatten.

GLOSSAR

Acheron Namen verschiedener Flüsse, die die Griechen sich als Leidensströme in der Unterwelt vorstellten.

Agamemnon Sohn des Atreus aus dem Geschlecht des Pelops. Er führte die Griechen im Kampf gegen Troja an. Seine Geschwister waren der Held Menelaos und Helena, deren Entführung nach Troja der Grund des Krieges war.

Agon Kampf, Wettkampf. An den griechischen Festspielen wurden sportliche und musische Agone abgehalten. Bei letzteren traten Musiker und Sänger auf, Rezitatoren, Dichter, Schauspieler, Tänzer und Tänzerinnen.

Agora Versammlungs- und Marktplatz der griechischen Städte. Ursprünglich die Volksversammlung bezeichnend.

Akko Törichte Spuk- und Schreckgestalt aus dem Bereich der Kinderstube.

Alkaios Dichter adeliger Abstammung aus Mytilene auf Lesbos. Meister der äolischen Lyrik Er sang von Kampf und Politik, von Liebe und Wein. Um 600 v. Chr.

Ambrosia Speise der Götter, die ihnen die Unsterblichkeit erhielt.

Amphora Hoher zweihenkliger Krug.

Aphrodite Göttin der Liebe und Schönheit. Aus der syrisch-phönikischen Göttin Astarte abzuleiten. Lateinisch: Venus

Ares Gott des Krieges. Der verhassteste der Götter.

Artemis Tochter des Zeus und der Leto. Schwester Apollons. Herrin der Tiere, Jägerin, Baumgöttin und Schüzerin der Jugend. Lateinisch: Diana.

Asphodelen Gattung der Liliaceen. Schon von Homer und Hesiod erwähnt. Auf den Wiesen der Ober- und Unterwelt wachsend. Die dicken Wurzelknollen wurden Demeter und Persephone geweiht.

Assos Stadt an der der Nordwestecke Kleinasiens, der Troas, gelegen.

Apollon Gott der Künste, des Ackerbaus und der Hirten, Heil und Sühnegott.

Atriden Die Söhne Agamemnon und Menelaos des mykenischen Königs Atreus.

Aulos Blasinstrument mit doppeltem Rohrblatt. Ähnlich klingend wie die Oboe. Der Aulos wurde zumeist paarig verwendet.

Barbiton Griechischer Leiertypus.

Chalkis Reiche Seehandelsstadt auf Euböa, von der zahlreiche Kolonien gegründet wurden.

Chaos Ursprünglicher, ungeordneter Weltzustand. Schon bei Hesiod war zuerst das Chaos, aus dem das Dunkel (Erebos) und die Nacht (Nyx) hervorgingen.

Chariten Göttinnen der Freuden bringenden Gaben im Gefolge von Aphrodite, Apollon und den Musen. Hesiod nennt drei Musen Aglaia (Glanz), Euphrosyne (Freude) und Thaleia (Glück). Lateinisch: Grazien.

Charon In der griechischen Sage ein alter, ungepflegter Fährmann, der die Toten in der Unterwelt über den Acheron setzte. Als Fährgeld erhielt er einen Obolos, der den Toten auf der Zunge mitgegeben wurde.

Chios Fruchtbare Insel vor der kleinasiatischen Küste.

Chiton Gewand, lang oder kurz, mit oder ohne Ärmel, getragen von Männern und Frauen.

Chor Gruppe singender und tanzender Personen im Kult, im Drama und der Lyrik.

Dionysos Gott der Fruchtbarkeit und des Weins. Lateinisch: Bacchus.

Distychon Ein Verspaar, das aus einem Hexameter und einem Pentameter gebildet ist. Grundform der Elegie.

Eppich Name für Sellerie, Petersilie und Efeu.

Eresos Stadt an der Westküste von Lesbos, in der vermutlich die Dichterin Sappho um 630 v. Chr. geboren wurde.

Eros Der Liebesgott. Sohn des Ares und der Aphrodite. Lateinisch: Amor.

Gaia Göttin der Erde. Die älteste der Göttergestalten, Mutter und Gattin des Uranos.

Gastmahl s. Symposion.

Gorgonen Drei Ungeheuer, Töchter des Phorkys, von denen nur die Medusa sterblich war.

Graien Drei greise Ungeheuer, Töchter des Phorkys wie die Gorgonen.

Hades Sohn des Kronos, dem bei der Teilung der Welt durch den Vater zwischen ihm und seinen Brüdern Zeus und Poseidon die Unterwelt zugesprochen wurde. Auch als Ort der Unterwelt zu verstehen.

Helikon Sitz der Musen. Bergzug im westlichen Boiotien. Über 1.700 m hoch, mit der Hippokrene (Rossquelle), die durch den Hufschlag des Pegasos entstanden ist.

Hera Die oberste der Göttinnen, Gemahlin des Zeus. Lateinisch: Juno.

Hermes Sohn des Zeus. Gott der Herden, des Betruges und Patron der Diebe. Gott des Handels, Götterbote und Geleiter der Toten. Lat.: Mercurius.

Hetäre Gefährtin, Freundin und Freudenmädchen. In vielen Künsten ausgebildet, bereiteten sie den Männern Anregung und Unterhaltung, besonders bei den Symposien, die ihnen ihre hausfraulichen Gattinnen nicht geben konnten.

Hoplit Schwer bewaffneter Fußkämpfer.

Hymenaios Gott der Hochzeit und Namen des Hochzeitsgesangs.

Hymnos Gesang zum Preise einer Gottheit.

Hyperboreer Ein sagenhaftes glückliches Volk, das im hohen Norden lebend gedacht wurde.

Istros ursprünglich thrakischer Name der Donau. Lateinisch: Ister.

Kithara Das größte und prächtigste griechische Saiteninstrument.

Kline Ruhebett, Speisesofa. Letzteres wurde erst im 7. Jh. v. Chr. aus dem vorderen Orient übernommen.

Komos Fröhlicher Umzug der Zecher mit Tanz und Musik nach dem Gelage.

Kronos Sohn des Urgottes Uranos und nach ihm der Weltherrscher im goldenen Zeitalter. Ihm folgte Zeus.

Leier (Lyra) Allgemeine Bezeichnung der griechischen Saiteninstrumente wie Barbiton, Phorminx oder Kithara.

Lesbos Große, fruchtbare äolische Insel vor der kleinasiatischen Küste. Berühmt durch Sappho und Alkaios. Städte: Mytilene, Methymna Eresos.

Lesches Laut Pausanias aus Pyrrha auf Lesbos stammend. Nachdichter der Ilias und Odyssee. Lebte im 7. Jh. v. Chr.

Lydien Landschaft am Hermos in der Mitte der Westküste Kleinasiens gelegen. Hauptstadt Sardes. Die reichen Lyder galten den Griechen als weichlich.

Lyra s. Leier.

Lyrik Im engeren Sinn das zur Lyra vorgetragene Lied. Zu unterscheiden sind monodische, von einem Einzelnen gesungene Lyrik, und Chorlyrik.

Mandragora Ein krautiges Nachtschattengewächs. Aus seinen Wuzeln und Beeren gewann man narkotisierende Säfte und Aphrodisiaka.

Mastix Das wohlschmeckende Harz des Pfefferstrauchs. Es wurde gekaut oder als Würze und Beigabe zum Opferfeuer verwendet.

Medusa Die sterbliche der drei Gorgonen.

Melanchros Tyrann aus dem Adelsgeschlecht der Kleanaktiden in Mytilene auf Lesbos, lebte um die Mitte des 7. Jhs v. Chr.

Milet Reiche Handelsstadt an der Südwestküste Kleinasiens. Schon im 11. Jh. v. Chr. von Griechen besiedelt. Gründerin von über 80 Kolonien von Naukratis in Ägypten bis zum Schwarzen Meer.

Musen Göttliche Nymphen, neun (ursprünglich nur drei) Töchter des Zeus und der Mnemosyne (= Gedächtnis). Sie wohnen in Pierien, auf dem Parnass und dem Helikon. Mit ihren Künsten erfreuen sie die Götter auf dem Olymp.

Myrrhe Harz des südarabischen Myrrhenstrauches. Von den Griechen aus Ägypten und dem Vorderen Orient übernommen zur Parfümierung von Ölen und als Räucherwerk.

Myrsilos Tyrann aus dem Adelsgeschlecht der Kleanaktiden in Mytilene auf Lesbos. Nachfolger des Melanchros. Er lebte um 600 v. Chr. Sein Tod wurde von Alkaios bejubelt.

Mytilene Hauptstadt der Insel Lesbos.

Narde Kostbarer, aus dem Orient übernommener Duftstoff aus den Wurzelstock und den Blättern der indischen Nardenpflanze.

Nekropole Totenstadt. Die kollektive Begräbnisstätte der Antike.

Nymphen Töchter des Zeus, Göttinnen in Gestalt schöner junger Mädchen. In der Natur wirkend und deren Kräfte, etwa als Quell- oder Baumnymphen verkörpernd.

Olisbos Künstlicher Penis zur Selbstbefriedigung der Frauen.

Opferbinden s. Tänien.

Orpheus Sagenhafter Sänger aus Thrakien, dem Apollon die Kunst des Leierspiels verlieh. Von Orpheus als Seher und Zauberer ging die Orphik aus, eine dionysisch-mystische Erlösungsreligion, die sich im 6. Jh. v. Chr. in ganz Griechenland ausbreitete und im griechischen Unteritalien.

Pan Sohn des Hermes. Alter arkadischer Gott. Wird mit Hörnern und einem Bocksbart dargestellt. In der sonnenheißen Mittagsstille schreckte er gern die Menschen. Er liebte die Hirtenflöte und lüstern stellte er den Nymphen nach.

Pegasos Das geflügelte Wunderross des Bellerophon. Durch seinen Hufschlag entstand der Musenquell Hippokrene.

Peplos Schlichtes, ärmelloses Frauengewand aus einem langen, rechteckigen Tuch. Über den Schultern geheftet und an der rechten Seite offen oder zugenäht.

Periandros Sohn und Nachfolger des Kypsilos. Tyrann von Korinth, um 600 v. Chr.

Phaon Der Leuchtende. Von Aphrodite aus einem alten Fährmann, der sie ohne Kosten fuhr, dankbar zum schönsten Mann verwandelt. Nach der attischen Komödie gilt er als Liebhaber der Sappho.

Phöniker = Purpurhändler. Semitisches Volk in Syrien. Das bedeutendste Handelsvolk im Mittelmeer. Ihre Hauptstädte waren. Sidon, Byblos, Tyros und die Kolonie Karthago. Sie gelten als Erfinder unserer Buchstabenschrift.

Phorminx Kleinere Variante der Kithara.

Phrygien Landschaft im mittleren Kleinasien. Hauptstadt Gordion. Bekanntester König war Midas. Die Phrygier beeinflussten die griechische Musik (phrygische Tonart) und galten auch als Erfinder der Flöte (Marsyas).

Pierien Landschaft Makedoniens am Fuß des Olympos. Land der Musen.

Pithos Großes tönernes Vorratsgefäß.

Pittakos Tyrann in Mytilene auf Lesbos nach dem Sturz des Melanchros und des Myrsilos, zugleich vom Volk zum Schlichter der lang währenden Auseinandersetzungen zwischen Adel und Volk gewählt. Er galt als einer der sieben Weisen und lebte um 600 v. Chr.

Polykrates Tyrann von Samos. Liebhaber der Künste und der Wissenschaft. 522 v. Chr. ermordet auf Befehl des persischen Satrapen Oroites.

Pontos Meer. Altgriechischer Name für das Schwarze Meer.

Prytaneion Gemeindehaus. Sitz der Prytanen, der Gemeinderäte.

Pyrrha Stadt auf der Insel Lesbos am Ende der Bucht von Kalloni. Aus Pyrrha stammte der Dichter Lesches. Alkaios flüchtete dorthin während seiner ersten Verbannung durch die Tyrannis von Mytilene.

Salpinx Trompete, zum Aufbruch im Krieg geblasen, auch im Kult und zur Eröffnung von Festen. Keine musikalische Bedeutung.

Sappho Berühmte, Sagen umwobene und als zehnte Muse bezeichnete Dichterin aus Eresos auf Lesbos. Ihre in äolischem Dialekt geschriebenen Götterhymnen, Hochzeits- und Liebeslieder, von denen bis auf wenige Ausnahmen nur Fragmente erhalten sind, waren einst in neun Büchern vereinigt. In ihrem 'Musenheim' in Mytilene unterrichtete sie nach ihrer Verbannung in Syrakus junge Mädchen aus edlen Familien in den schönen Künsten und bereitete sie auf die Ehe vor. Horaz übernahm das besondere Versmaß der sapphischen Strophen in vielen seiner Oden. Sie lebte um 600 v. Chr.

Sardes Alte reiche Königsstadt der Lydier im Hermostal in Kleinasien.

Schildkrötenleier Von Hermes erfundene Grundform der griechischen Saiten-instrumente. Als Schallkörper diente ein Schildkötenpanzer.

Sirenen Mädchen mit Schwanenleib, die Totenseelen verkörpernd. Sie erscheinen meistens im Zusammenhang mit dem Grab.

Skythen Zwischen Don und Donau lebende Völkergruppe. Starker Handel mit den Griechen, von dem viele Kunstfunde griechischer Meister in Südrussland zeugen.

Symposion Das gesellige Zechen mit allerlei Unterhaltung nach dem Essen.

Syrinx Hirtenflöte aus nebeneinanderliegenden Schilfpfeifen gebildet. Auch der Gott Pan blies seine Lieder darauf.

Tänien Binde als Auszeichnung für einen gewonnenen Wettkampf um das Haupt gewunden oder als Weihegabe um eine Grabstele gelegt, über den Grabhügel und andere Gegenstände.

Tartaros Der tiefste und finsterste Strafort des Hades.

Terpandros Berühmter Musiker aus Antissa auf Lesbos. Seine zur Kithara ge-sungenen Kompositionen hießen Nomoi (Normen). In Sparta gründete er die erste Musikschule. Er lebte um die Mitte des 7. Jhs. v. Chr.

Thiasos Umzug oder Reigen, das ausgelassene Gefolge des Dionysos, auch der kultische Verein von Lehrern mit ihren Schülern.

Thraker Ein indogermanisches Volk, das in der Osthälfte der Balkanhalbinsel und an der Westküste des Schwarzen Meeres lebte.

Thrasybolos Tyrann von Milet, um 600 v. Chr.

Tritonshorn Muschelhorn, nach dem fischleibigen Halbgott Triton benannt, der es blies.

Tympanon Flache Trommel, ähnlich unserem Tamburin. Besonders im Dionysoskult verwendet.

„Sappho Eresia – Sappho aus Eresos"
Inschrift auf einer Herme mit Frauenbildnis,
Palazzo dei Conservatori, Rom

Der Autor

Heinrich B. Siedentopf, Jahrgang 1935, studiert in Tübingen und promoviert dort im Fach Klassische Archäologie. Im Anschluss arbeitet er an der Bayerischen Akademie der Wissenschaften in München. Teilnahme an den deutschen Grabungen in Samos, Tiryns und Ägina. Lehraufträge an der Universität und Verfasser von Arbeiten über vorgriechische und griechische Kunst. Früh fasziniert ihn die schöne Literatur. In der Schulzeit schreibt er Gedichte und Theaterstücke, später die Kurzgeschichten *Der fremde Mann, Die Lichtangel* und *Die Reise nach Jerusalem.* Im Jahr 2010 erscheint die Erzählsammlung *Poesie auf Reisen.* Er beschäftigt sich mit der Rekonstruktion altgriechischer Musik und komponiert Stücke für Kammermusik sowie Lieder.

ISBN 9783839144206
224 Seiten, 13,90 € inkl. MwSt.
BoD Verlag

Poesie auf Reisen – Heinrich B. Siedentopf

In drei Rahmenhandlungen sind 40 wundersame, märchenhafte und surreale Erzählungen eingefügt. Der erste Rahmen „Eintritt frei" stellt einen Geschichtenmacher dar, der in einem ehemaligen Hutladen seine Werke darbietet. Im Mittelpunkt des zweiten Rahmens „Nimmermehrs Flucht" steht ein Student, der zu den sieben Zwergen flieht. Er lauscht ihren Erzählungen, die allein zur Freude geschaffen sind und nicht, wie an der Universität, analysiert und kommentiert werden müssen. Im dritten Rahmen „Poesie auf Reisen" fährt ein junger Autor zum ersten Mal nach Rom. Im Zugabteil notiert er seine Erlebnisse und erträumt neue Fantasien und Geschichten.

Kostbare literarische – oft poetisch zarte Miniaturen. Beim Lesegenuss werden phantastische Bilder lebendig – mit bizarren Figuren in traumhaften Situationen und Landschaften, die wie faszinierende Fantasy-Filmbilder noch lange im Gedächtnis weiterschwingen.

Peter Schamoni